폐쇄 정신 병동 일기

과거를 밟고

—

본 책은 메틸페니데이트, 자낙스 계열의 약물 의존증, 조울증, 불안 장애, 공황 장애 등의 정신병 치료 목적을 위해 2022년 1월 31일부터 3월 16일까지 중앙대학병원 폐쇄 정신 병동에 입원해 있는 동안 스물아홉 살 청년 '최지민'이 매일 매일 일기와 같이 쓴 짧은 생각을 엮어 만들어낸 책이다. 본 책을 출간하는 데 있어 작가의 의도는 생각 중 하나에서 말하듯, 정신병을 궁금해하는 사람들보다는 이미 정신병을 앓고 있는 이들을 위해 썼다.

이 책을 내 사랑하는 여자친구 '김미리'에게 바칩니다.

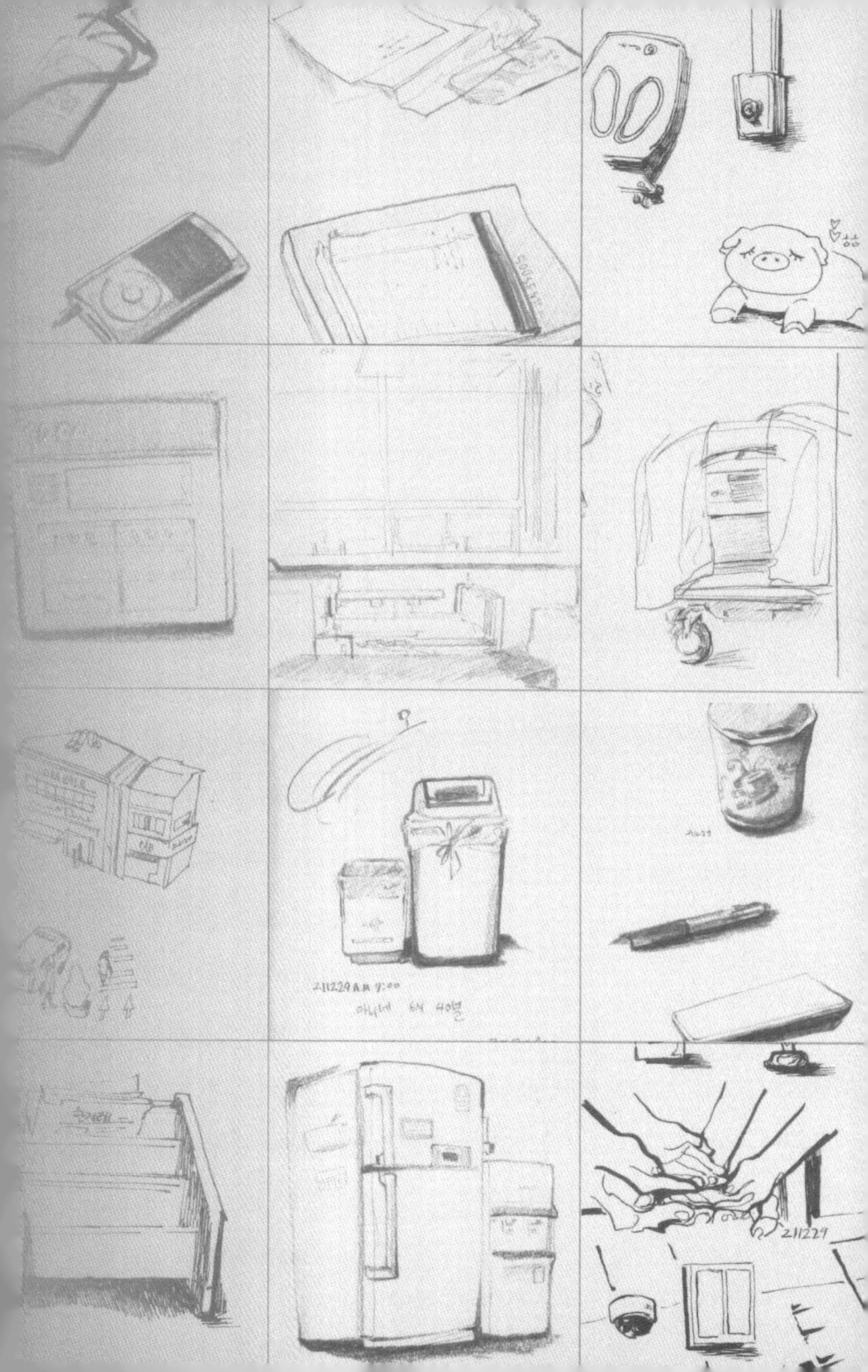
211229 AM 9:00
211229

2022.02.10.

사랑은 마치 진실과 같다.
가려져 있을 때 아름답게 빛나고,
드리워져 있을 때 두렵다.

내 삶은 적어도 남들에게 빛나는 삶이 되길.

내 삶은 너무나 많은 이들을 진심으로 사랑하기에 거짓투성이처럼 보이는 것이다.
나만 알고 있어도 충분하지만, 그래도 누군가 알아줬으면 좋겠다.
너무나 외롭기 때문이다.

살아 있음을 느낄 때, 생지옥을 느끼는 것만 같다.
우린 모두 '부정'이나 '회피'가 필요하다.

이번 병동 생활은 유독 힘들다. 바깥으로 나가고 싶은 마음이 들지 않기 때문이다. 사회로 다시 나가면 나의 뼈는 유리 조각과 같이 나약해질 것 같다. 이 느낌이 반전되어야만 퇴원을 할 수 있을 것 같다.

시간이 잘 가지 않는다. 기다리고 있기 때문이다. 내가 사랑하는 사람의 소리를 수화기 너머도 아닌, 직접적으로도 아닌, 그녀만의 고유의 소리가 머릿속에 울려 퍼지길 기다리고 있기 때문이다.

나는 아프다. 그래서 타인을 아프게 한다. 그래서 난 또 아프다. 이번에는 무슨 일이 있어도 어디가 아픈지 정확히 깨닫고, 고치고 나갈 것이다.

내 머릿속엔 온통 그녀뿐이다. 그녀가 떠나지 않길 간절히 기도한다. 사랑이라 아픈 건데, 아파서 사랑을 사랑이라 부르지 못한다.

어른이 되는 게 참 어렵다. 서른 살에는 이곳에 들어오지 않는, 아프지 않은 어른이 되어야겠다.

내 옆에는 자신의 목을 졸라 입원을 한 스물네 살짜리 소녀가 앉아 있다. 나는 스물네 살에 누군가의 목을 조르지 않았는지 겁이 난다.

자신을 사랑하지 못하게 된 이들은 절대 자기 자신을 사랑할 수 없음을 인정하고, 타인을 사랑하는 것으로 만족하며, 그것만으로 감사함을 느끼며 살아가야 한다.

우리는 나약하지만 강한 척하며 살아간다.
우리의 용기가 세상에 귀감이 되길.

나의 한숨에 불이 붙어 당신에게 탄식을 불러일으켰다.

결국, 화상은 내가 입었다.

아무 말이나 내뱉는 듯하지만 결국 내 말은 모두 아무에게나 하는 말이다. 그 누구를 위해서 하는 말은 아닐 것이다.

내가 병원에서 쓴 글들이 엮여 책으로 출판되기를 바란다. 병동 생활을 궁금해하는 이들을 위해서가 아니다. 병동 생활을 경험한 이들을 위해서다.

나는 다시 사회로 나가서 무엇이 될까?
해를 끼치는 사람은 다시는 되고 싶지 않다.

내가 사랑에 대해 얼마나 알까?
에릭 프롬이 말했듯이 훈련이 필요하다.
사랑에 대해 아는 게 없기 때문에.

프레디 머큐리 같은 파격적인 가수가 되고 싶다.
스물아홉 살의 나이, 아직 늦지 않았다고 나에게 말하고 있다.

혹시라도 내 글들이 잘 팔린다면 조현병을 겪고 있는 친구들에게 수익금 일부를 바치고 싶다.

무조건 뇌 손상이 예상된다고, MRI를 찍어야 한다고 한다. 나는 약물 중독이 아니라, 약으로 수년간 자해를 한 것이리라 생각한다.

여전히 자신의 목을 졸라 입원한 스물네 살의 소녀가 옆에 앉아 있다. 그녀는 아픈 기억을 지우고, 친구와 여행을 떠나는 행복한 삶을 살게 될 것이다. 나는 아픈 기억을 모두 기록하여 하나씩 이겨낼 것이다.

나도 친구가 생기면 좋겠다. 내가 가장 아플 때, 내 옆에서 가장 건강했던 친구가 진짜 친구가 아닐까?

눈물이 쏟아지는 걸까, 공황 발작이 오는 걸까?
아니면 둘 다 동시에 오는 걸까?
너무나 슬프다. 괜찮아지기를 기도할 수밖에 없다.

그 누구도 전화를 받지 않을 때, 심장이 철렁 가라앉는다. 나는 또 무슨 기억으로 나 자신을 채찍질할까?

곧 뇌 사진을 찍으러 간다. 크게 손상되지 않았으니까 이렇게 글들을 미친 사람처럼 홀린 듯이 쓸 수 있겠지.

우리는 실로 이어져 있다. 그건 틀림없다. 하지만 실은 끊어버릴 수 있다는 것을 기억하자. 이번에 병동에서 나가면 반드시 독립다운 독립을 할 것이다. 나는 할 수 있다.

아무도 전화를 받지 않는다. 이제 뇌 사진을 찍으러 가야 하는데, 하나님은 너무 가혹하다.

2022.02.11.

꿈을 꾸었다. 전선이 끊어지는 꿈, 내가 무리하게 잡아당겼다. 불길하다. 누나야가 너무 보고 싶다.

단념하고 여기서 나갔을 때 어떻게 홀로서기를 해야 하는지 누나가 내 옆에 남아주든 아니든, 계획을 세우고 마음을 굳게 먹어야지.

병동 사람에게 예쁘다는 소리를 들었다. 어릴 때부터 예뻐지고 싶었다. 나는 남자이고, 남자를 좋아하진 않고, 트랜스젠더가 되고 싶진 않지만, 예쁘다는 소리를 듣는 걸 좋아한다.

글을 쓰면 마음이 한결 나아지는 것을 느낄 수 있다. 나갈 때쯤에는 얼마나 많은 글을 남길까?

내가 할 수 있는 건 지금은 아무것도 없다. 하늘을 날기 위해 준비 중이다.

나는 여전히 '라디오스타'라는 집단 치료실의 노래 듣기 프로그램에 아이유의 〈시간의 바깥〉을 신청한다. 이곳 안에서의 시간은 바깥에서의 시간과 다르게 흐르는 것만 같다.

그 많았던 비난과 고난을 떨치고 일어서 세상으로 부딪혀 맞설 뿐. 지금 이 순간 내 모든 것. 내 육신마저 내 영혼마저 다 걸고. 던지리라, 바치리라. - 뮤지컬 〈지킬 앤 하이드〉 중

'불안'은 그저 미래에 대한 대비에서 나오는 착각일 뿐. 불안하지 않아도 돼. 어차피 인생은 한 치 앞도 몰라.

내면을 잘 들여다봐, 아무것도 없어. 그저 사랑으로 채우고 싶을 뿐.

기억을 잃어버린 걸까, 당신과의 추억을 기억하고 싶지 않아서일까, 당신의 부재에서 오는 괴로운 현실을 마주하고 싶지 않아서일까, 필사적으로 내가 나를 포장하고, 감추는 것을 멈출 수 없다.

손디아의 〈어른〉이라는 곡의 가사 한 줄이 뇌리에 깊게 박힌다. "바보 같은 나는 내가 될 수 없단 걸 눈을 뜨고야 알게 됐죠."

곧 점심시간이다. 맛없는 밥이 기다려질 만큼 이곳은 허전하다.

모두에게 사랑받고 싶어서 상냥한 나를 미워했다. 이제는 미워하지는 말자.

사랑이 아픈 이유는 내 삶에 무언가가 잘못되어 있음을 알려주는 게 아닐까?

사랑에 빠진 사람들은 무척 섬세하고 예민해진다. 나이가 몇이든 사랑에 빠진 이들은 어린아이와 같은 마음으로 어른이 된다.

지금은 12시 40분, 8시간 하고도 20분 뒤에 나는 울면서 잠을 청하겠지. 기분이 울적할 때는 글을 쓰고 싶지 않다. 울컥, 울컥, 주르륵.

눈물이 떨어지며 누나와 약속한 것들이 물거품처럼 터지는 상상을 하게 된다. 이럴 때는 그 기분을 과연 글을 쓰면서 막을 수 있을까 의문이 든다. 그래도 나는 꿋꿋이 글을 쓴다. 이 감정도 사랑하는 마음의 일부라고 믿기 때문이다.

이곳에는 유독 기독교인들이 많다. 한창 내가 약에 취해 모든 우주 만물의 인과관계를 느꼈을 때 신의 존재 또, 성경에서 말하는 것의 대부분을 부정할 수 없게 되었다.

유독 점심시간 이후의 약 시간은 늦게 찾아온다.

여기서는 자꾸 아무거나 기다리게 된다. 별일 아닌 것조차 기다려진다. 목표 중심에서 벗어난 작은 사회이기 때문일까?

가끔 우리가 삶을 되돌아보게 될 때 되돌아가고픈 시간이 있다면, 난 그 시간에 느껴야 했던 것을 느끼지 않고, 엉뚱하게도 다른 감정을 느꼈을 것이다.

모험의 끝일 것이다. 여기는 벌써 세 번째 입원이지만, 다시는 들어오지 않겠다. 이제는 그 방법도 뚜렷하게 보인다. 약을 끊어야지.

발렌타인데이가 3일 남았다. 고백해야지, 내 진심을.

이십 대가 저물어간다. 영원할 줄 알았던, 아까운 줄 몰랐던 내 슬픈 청춘아. 삼십 대가 되면 기쁨만이 가득하길 간절히 기도할게.

여기 쓰인 글들은 어찌 보면 나를 위해 쓴 것 같다.

나를 위한 삶이 타인을, 나랑 비슷한 처지에 있는 사람들을 위한 게 아닐까? 샤워를 하고 싶지 않아. 누나가 해준 내 예쁜 파란 머리가 씻겨나갈까 봐 두려워.

단 한 번도 제대로 쉬어본 적이 없는 나, 여전히 쉬고 싶지 않아. 외로워서 그래, 배가 덜 불러서 그래.

세상의 모든 것을 다 사 주고 싶었던 나, 여전히 그래. 미안해.

날개 뼈가 부러진 참새야, 한쪽만 부러졌어. 잔혹하게 들릴지도 모르겠지만, 아파도 참아. 날지 못해도 참아. 두 다리로 어떻게든 살아.

끝인 것처럼 느껴질 때마다 상기해.

이미 넌 끝을 여러 번 느껴봤어. 그러니까 이제부터는 시작도 끝도 없는 삶을 살아. 춤을 추거나 노래를 하자. 우리 인생을 흘려보내듯.

한 번도 넘어지지 않는 사람은 없다더라. 알아. 넌 매일 넘어진다는 것을, 유별 난다는 것을. 갑자기 반말이 나와, 나 지금 누구랑 대화하니?

더 예뻐지고 싶어. 몸도 마음도.

조현병을 경험해봤니? 조현 증세를 나는 아주 조금 겪어봤어. 함부로 말하지 마. 존나 좆 같아.

더는 공부하지 마. 생각하지 말고 선택해. 그게 자유야.

넌 혼자가 아니었어. 지금은 혼자야. 앞으로도 혼자 살아갈래? 싫지? 차근차근 배워나가. 함께 살아가는 방법을.

축복이었던 내 삶에 재를 뿌린 건 나 자신이었어. 차라리 죽었다고 생각하고 재는 삼켜.

아는 사람들은 알 거야. 이렇게 쓰는 글들이 얼마나 많은 용기를 필요로 하는지.

필요 없는 생각이란 없다고 생각해.

억지로 숨기지도 말고, 무시하지도 마. 이건 명백히 나 자신에게 하는 소리야.

이제 나는 달라질 거야. 하고 싶은 대로. 흘러가는 대로 살 거야. 나만의 울타리 속에서 말이야.

작곡을 할 수 있다는 건 놀라운 축복이야. 그 음들을 기록할 수 있는 장치들이 있다는 것도 놀라운 축복이지. 나는 나를 기억할 수 있으니까. 진짜 '나'를 말이야.

펜을 잠시 내려놓을 거야. 슬슬 이것도 부담으로 느껴지기 시작했거든. 더는 사랑하지 말까 그냥? 아파서 미치겠어.

왔다 갔다 하는 나 자신, 뭐가 진짜인지 모르겠어, 자유롭지 않아 아직은.

왠지 모르게 불안하고 초조한 전화 시간, 항상 쿠에타핀과 알프라졸람 0.25mg을 먹는다. 누나야 목소리가 듣고 싶다. 한숨 섞인 소리 말고, 사랑 가득 담긴 누나야 목소리. 누나야에게 용서를 구하는 편지를 썼다.

오늘 밤 9시 전화 통화를 하기 전, 난 또 쿠에타핀과 알프라졸람이 필요하겠지?

누나는 지금쯤 군포에서 충정로로 돌아오는 길일 거야. 어떤 생각을 갖고 돌아오고 있을까? 좋은 생각이길 간절히 기도해.

누나야가 여전히 날 사랑하고 있어. 느껴져…
나도 알아 지금 극도로 불안한 상태야.

얼마 전, 스물아홉에 관한 가사를 썼어. 누나야가 무척 슬퍼했어. 아아… 보고 싶다….

이곳에서 꾸는 꿈들, 눈 뜨고 꾸는 꿈들, 누나야에 대한 노래를 수많은 사람 앞에서 부르는 꿈도, 이 글들을 엮어 주변 지인들에게 선물하는 꿈도, 수많은 사람과 소통하고 사랑받는 꿈도, 누나야와 같은 무대에 서는 꿈도, 모두 이루어지길.

내가 사랑했던 이들은 모두 행복하길.
나를 사랑해주었던 이들도 모두 행복해지길. 하루 만에 모든 걸 헤쳐 나갈 힘이 다시 생기길.

누나야가 내 곁을 떠나면, 오랜 시간 동안 혼자가 될 거야. 사랑이었거든. 그 사랑이, 그 사랑을 함께 나누었던 사람과 나누어 소멸시키지 않을 땐, 혼자만의 힘으로 소멸시켜야 하는데, 엄청난 노력, 눈물 그리고 사랑이 필요할 거야.

이젠 사람들의 시선을 의식한 채 글을 쓰게 될 것 같아. 과연 그렇게 글을 쓰는 나도 '나'일까?

오늘 글은 어제보다 별로라는 평을 들었다. 나도 동감.

누나가 내가 좋아하는 헤이즐넛 초콜릿을 골라주었다. 누나가 아직은 나를 사랑한다. 하나님 아버지, 감사합니다.

원래의 '나'라는 것은 없다. '나'는 연속적 자아일 뿐이다.

신발을 신지 못한 채 병동에 끌려왔다. 나갈 때는 뭘 신지?

지금의 '나'는 극도로 불안한 상태를 억누르고 있는 상태이다. 이게 터져 나와 많은 이들의 심금을 울리는 멜로디와 가사로 표현되길.

간호사 쌤이 오늘 편지도 전했으니 진심이 통하지 않겠냐는 말에 빵 터졌다. 나는 어릴 때부터 편지에 대한 집착이 강했다. 글씨에서부터 감정이 느껴지기 때문에.

자유란 인간이 만들어낸 일종의 불가능한, 이상향적 콘셉트일 뿐이다.

입이 방정이지. 너보다 힘들고 아픈 사람들이 얼마나 많은데. 겨우 이 정도로 무너지려고? 닥치고 입조심하면서 살아, 지민아.

다시 태어나야 한다더라. 그래, 까짓거 다시 태어난 것처럼, 멋지게 바뀌어서 나가보자.

2022년 2월 11일 9시 40분, 동갑내기 친구의 억울한 사정을 듣고 무척 심란하다. 오늘은 잠들기 좀 힘들 수도 있겠다.

26살 친구야, 아직 시간 많다. 힘내서 멋지고 예쁘게 다시 태어나 행복하게 살아라.

술이 없어도, 벗이 없어도, 12층의 창가 자리 침대에 앉아 나만의 시간을 보낼 수 있다는 걸 처음으로 느끼고 있다. 나는 원래 혼자만의 시간이 꼭 필요한 존재이다. 홀가분하게 이제 잠을 청해보도록 하겠다.

2022.02.12.

토요일 아침 11시. 오늘은 왠지 사람들과 대화를 많이 나누고 싶다.

밖에 나가서도 이 평화로움을 느껴야 할 텐데, 밖에 나가면 똑같진 않을까 봐 걱정된다. 사람은 매 순간 변화한다. 이 사실을 부정하면 삶이 제어되질 않는다.

외로워서 그래, 표현하고 싶은 것들 모두, 외로워서 표현하고 싶은 거야. '참아왔어, 다 같이 아름답도록.' - Ash Island, 〈신경 꺼〉

헷갈려 가끔은. 내가 보는 진실이, 진실이 아닌 것 같아서. 이것만은 잊지 말자. 적어도 내가 사는 내 세상에서는 내가 보는 진실이 진실이라는 것을.

흔들리지 않는 삶을 살기를, 나에 대해 설명하게 하는 사람을 굳이 사랑해줄 필요가 있어? 어차피 매 순간 변하는데, 내가 나를 못 바꿀까?

내가 하고 싶은 말이 이렇게 많을 줄 알 수 없었어. 항상 타인이 듣고 싶은 말만 골라서 해줬거든.

똑같은 병동에 세 번째 입원이다. 사람만 바뀔 뿐, 공간은 아주 조금 달라진 것 외엔 거의 똑같다. 다시는 오지 말아야지, 기억을 미화하지도 말아야지. 이곳은 고통스럽고 아플 때 오는 곳, 훈련하는 곳, 사회로 나갈 준비를 하는 곳.

피해의식만큼 추한 것도 없다. 자기비하만큼 추한 것도 없다. 차라리 재수 없는 게 낫지.

무슨 일이 있어도 내 손을 잡아줘.

이곳의 주말은 더 심심해. 할 것도 없고, 프로그램도 없고, 인턴들, 학생들도 오지 않아. 오늘도 이렇게 버티다가 밤에 아무 일 없다는 듯 또 잠들겠지.

병동 사람들 대부분 단짝 친구가 있어 보이네. 아이쿠, 외롭다. 내 안에 누나야가 없다는 소리는 정말 절망적으로 억울했다.

누군가의 이야기도 듣고 싶지 않고, 내 이야기를 들려주기도 싫다. 뭐 어쩌라는 거야?

그냥 누군가 다가와 주기만을 기다리는 거겠지, 이 비겁한 겁쟁아. 3월에 퇴원할 거 같아. 언제 그날이 다가올까? 두려워도 참아. 건강하게 살자. 너 중심으로.

있잖아, 너 지금 매우 유약한 상태야. 몸을 좀 움츠리고 방어해. 스스로를 말이야.

내 추억들은 따사로운 햇빛이 지배한다. 고속도로 위, 당신과 함께 달리던 그 차 안에서 들었던 노래. 당신이 퇴근하고, 내가 퇴근하고, 집으로 돌아가는 버스에서 들었던 노래. - 혁오, 〈Love Ya!〉

피아노실에서 누나야를 생각하며 즉흥적으로 연주했던 모든 곡이 그대로 남아 들려줄 수 있다면.

시간을 되돌릴 수만 있다면 언제로 되돌리고 싶니?

이십 대가 가기 전에 꿈 같은 시절을 보내긴 했구나. 지나쳤구나, 지금도 지나가겠구나.

x만큼 사랑을 줄 수 있는 나를 $(x-100)$만큼만 사랑받고 있는 사람이 나의 x만큼의 사랑의 기록을 보면 충분히 실망할 만해. 하지만 그렇다고 사랑하지 않는 건 아니야. 좀만 기다린다면, $(x+100)$만큼의 사랑을 받을 수 있을 거야.

나한테 상처 준 사람들 때문에 또다시 사랑하는 사람에게 상처를 주고 있었지. 좆 같은 인간의 매커니즘.

현재 시각은 오후 2시, 8시간이 지나면 잘 시간. 오늘따라 잘 시간이 기다려져. 다들 무엇을 하고 있을까? 누나야는? 원준이는? 가족들은?

병동 사람들이 내 글이 솔직해서 좋다고 한다. 난 잘 모르겠다. 내가 100% 솔직한 건지.

내 잘못이라 하면 내 잘못, 네 잘못이라 하면 네 잘못, 그저 입장 차이. 근데 왜 자꾸 난 자책을 하는 걸까?

예뻤던 마음이 순식간에 비뚤어졌다. 정신 차려. 내가 죽을 땐, 사랑이 많았던 사람으로 불러줄래요?

내 걱정은 하지 마. 혼자 울고, 혼자 웃고, 이미 당신들은 나에게 수많은 소중한 추억을 남겨주었어.

지쳐 쓰러질 때까지 사랑할래.

우울감이 또 몸을 휘감는다. 이 우울감에서 벗어나는 방법은 이 우울감에 빠지지 않게 무언가를 하는 것. 내가 여기서 해야 하는 일은 이 책을 끝내는 것. 사랑에 대해, 인생에 대해, 병에 대해, 여기 있는 아픈 이들에 대해 내가 느끼는 것들, 나에 대한 것들을 적어나가는 것.

무언가를 잃어버린다는 것은 아주 나쁜 짓이다. 내가 한 짓들 중 가장 나쁜 짓들. 선물 받은 물건 잃어버리기.

한 치 앞도 모르는 내 인생, 대부분 무대 위에 꼭두각시처럼 살고 싶다는 생각이 가장 많이 든다. 내가 겪었던, 느꼈던 감정을 수많은 사람과 동화하는 행위.

이별이 오지 않을 것 같은 예감이 든다. 하나님, 감사합니다.

여기서 나가면 꽃길만 걷자. 맛있는 것도 많이 먹고, 많은 사람과 수다도 떨고, 신나게 놀면서 일하자.

지난 3년 동안 같은 자리에 머무른 것만 같은 생각이 든다. 이제 앞으로 나아갈 차례.

약육강식인 사회에서 강한 자가 되기가 무척 어렵다.
이 시대에 가장 강한 자는 약한 이들만큼 아파봐야 하고, 그 아픔을 이겨낸 자라서 더더욱 어렵다.

보고 싶은 이들이 무척 많다. 그래도 정말 열심히 살았다, 나.

조금만 더 기다려. 조금만 더 기다리면 너에게도 행복이 찾아올 거야. 잠이 스르륵 오기 시작한다. 오늘 저녁밥 맛있게 먹자.

꿈에서 놀이동산에 있는 한 놀이기구를 탔다. 누군가와 같이 갔지만, 기구 위에서는 각자가 서로 멀리 떨어진 곳에 앉아 있었다. 이보다 더 무서운 게 있을까? 목적이 놀이기구를 타는 것이라니, 함께 놀러 가서 따로 앉아 있다니.

식은땀이 멈추지 않는다. 꿈이 요즘 왜 이렇게 슬프냐.

처음 겪었던 옥상에서의 공황 장애가 떠오른다. 당시에 윤지가 괜찮게 만들어줬다. 겁 없던 이십 대 중반이 그립다. 다시 그렇게 살아야 할 텐데.

나의 이십 대 중반은 무척 찬란하고 빛이 났던 것 같다. 너무 아름다웠다. 혼자서도 외롭지 않았고, 세상에 보이는 모든 것이 작품이었다.

퇴근 시간 버스는 연인과 이어폰 하나씩 나눠 끼고, 한 사람이 다른 사람 어깨에 기대어 잠드는 것이 가장 아름다운 장면. 각자 힘들었던 이야기는 잠시 미루고, 침묵으로 서로를 포개어주는 시간.

확실한 것 단 하나, 올여름은 병원에 있지 않겠구나. 내가 가장 좋아하는 계절에 병원에 갇혀 있는 것만큼 괴로운 게 없지.

행복은 나누었을 때만 행복이고, 나누지 않는 행복감은 일종의 쾌락이다. 외롭지 않다고 믿으며 수년간 살아왔다. 외롭지 않은 존재가 어디 있어?

과거를 밟고,

밤하늘의 별이 아무리 많아도 내가 고개를 하늘로 올려보지 않으면, 적어도 내 세상에는 별이 없는 거나 마찬가지이다.

사적인 이야기. 내가 나에게 하고픈 말들이 섞여 하나의 감정선이 생기는 이 책에 대한 아픈 이 들의 반응이 무척 궁금하다. 부디 잠시나마라도 위안이 되기를.

미안하지만 지우라 해도 지울 수 없는 것들이 있어. 내 기억이야. 내가 소중하게 여기는 순간들이야. 존나게 슬프게도, 존나게 애석하게도 나만 소중히 여기는 순간이야. 신경 꺼.

내 마음이 어떻게 된 걸까? 어딘가에 머물러 있는 걸까? 왜 흘려보내지 못하는 수년 전, 수년간의 순간들이 있을까? 영문을 모르겠는 내 상태, 누가 알려주었으면 좋겠다.

새로운 사랑인가, 또 다른 사랑인가?
사랑했다고 말하지 않겠다는, 여전히 사랑한다고 하는 내 말이 이해가 안 가?

나의 모든 걸 가지려는 건 당신의 욕심이야. 난 당신의 것이 아니야.

우울증 때문에 약에 손을 댔어. 약이 없었다면 지금의 나도 없어. 이제부터 내 삶에 약은 없어. 내 옆에 있어줄래?

이제부터 나는 빛나게 될 거야. 나를 알고 있던 모든 사람이 시기하고 질투하고 부러워하고, 동경하게 만들 거야.

무서울 정도의 성장을 하고 말 거야, 쉴 틈 없이.

좋은 소리는 항상 경계해야 해. 듣기 좋은 소리, 특히.

기억이 난다. 누군가에게 전화해서 미친 듯이 울면서 제발 죽여달라고 애원했던 날. 그런 날들이 참 많았었지. 이미 많이 아픈 상태였는데 그간 어떻게 참고 여기까지, 이 끝자락까지 왔을까? 지금 이 순간, 나 자신이 가엽다.

나는 흥미를 유발하는 사람이지, 흥미로운 사람은 아니다. 곧 있으면 전화 시간이야, 괜히 불안해져…. 이제 할 말은 하고 살자.

나, 어떡하지? 전화할 곳이 없어. 나 혼자여도 괜찮은 거 맞아?

정말 8시간이 지나갔어. 내일도, 내일모레도 마찬가지겠지. 그냥 웃어넘겨. 경건할 때만 슬퍼해도 돼.

사실 지난번 퇴원했을 때 내 상태를 기억한다. 무척이나 건강했다.

사랑을 위해 포기했던 정상적인 삶. 이젠 건강하게 사랑하고 싶다.

내일은 오늘보다 더 지루한 일요일. 벌써 걱정이 앞선다.

사랑에 집착하는 이유는 우울증 때문이야.

우울증은 치료가 오래 걸릴 거래. 그래도 이젠 절대 약에 손대지 않을 거야.

내가 온전히 과거를 받아들이고 모든 것에, 모든 과거의 내 자아들을 용서한다면, 앞으로 만들어질 내 자아들이 축복 속에 살아 있겠지.

친할아버지, 저 궁금한 게 너무 많아요. 다른 가족들은 절 이해하지 못해요.
할아버지는 하늘나라에서 저를 지켜주고 있는 거 맞죠?

어떤 이들은 절 흉보고 있겠죠. 여느 때와 같이 아무 일 없었다는 듯, 저는 모든 걸 기억하고, 느끼며 살아가겠죠.

잠드는 시간이 찾아왔어요. 내가 사랑하는 모든 이들, 잘 자고 좋은 꿈 꾸세요. 우린 내일 죽지는 않을 거예요.

2022.02.13.

“더는 너한테 속지 않아.”라는 말이 대체 뭔 말이야? 내가 뭘 어떻게 속였는데?

일요일 아침이 밝았어. 커피 한잔하면서 글을 쓰고 있어. 12시간 뒤에 잠들어야 해. 12시간 동안 오늘은 뭘 해야 할까?

질문의 핵심을 모르는 사람들을 보면 너무 답답해.

발렌타인데이가 하루 남았다. 편지를 써서 넘겨주었다.
Happy Valentine’s Day

다음 주에 퇴원하는 기적이 일어난다면 얼마나 좋을까!

멍청이처럼 사기나 당하고 살았던 지난날들. 덕분에 앞으로는 그런 일들을 당하지 않을 거야. 나 때문에 무기력증을 겪었던 친구들에게 미안해 그리고 사랑해.

무거운 내 몸을 일으켜 오늘도 발악하면서 살아가. 샤워나 하자.

나 스스로를 의심할 시간 따위는 존재하지 않아. 불도저처럼 앞으로 밀고 나가.

바깥으로 나가면 나 스스로 만족할 수 있는 모습이 되어, 어릴 적 내 꿈이었던 그런 사람이 되기 위해 최선을 다할 거야.

사람은 하루아침에 바뀔 수 있고, 그래야만 해.

만신창이가 된 영혼이다. 그냥 괜찮은 척하는 수밖에.

"네 내면을 잘 들여다봐."라는 말이 왜 이렇게 아프게 들리는지. 정말 네가 나의 내면을 볼 수 있는 건지, 보고는 있는 건지 의문이다.

단념해도, 체념해도 가시는 여전히 내 심장을 터지지 않게, 교묘하게 중심을 향해 들어오고 있다.

소원을 들어주는 이가 나타나 나에게 소원을 말해보라 하면, 매일 매일 누나야랑 여행을 다니며, 행복한 노래, 행복을 불러일으키는 노래를 잔뜩 쓰고 싶다.

무리하게 앞으로 달리다 쓰러져본 적이 있나요? 그 수치심, 죄책감을 느껴본 적 있나요?

올여름에는 반드시 여행을 갈 것이다. 누구랑 가야 할까. 누구랑 가게 될까? 누나야였으면 좋겠다.

나가면 녹음을 매일 해야지. 이제 한 곡, 한 곡 완성해나가야지. 내가 하는 말을 너무 귀담아듣지 마. 내가 하는 행동에 집중해.

일요일 병동 생활은 생각보다 더 끔찍하다. 시간이 평소보다 몇 배는 느리게 흐른다. 여기에서 쉬는 날은 쉬는 날이 아니다. 아무런 진전이 없는 날이기 때문에, 선생님과의 면담도 없는 그런 날이기에, 생각보다 훨씬 더 끔찍하다.

오늘 같은 날이야말로 공황 장애를 가장 경계하고 조심해야 하는 날.

있잖아, 이건 아무에게나 하는 소리인데 말이야. 난 널 몰라. 그러니까 너도 나에 대해 아는 척은 하지 마.

'내 마음속 깊은 곳'이라는 말은 내 마음이 3차원이라는 거니? 내 생각엔 적어도 5차원 이상인데.

사실은 말이야, 나는 널 무척 많이 사랑해. 우울감을 가로막고 눈물이 쏟아지는 걸 필사적으로 막고, 아름답게 떨어지는 별똥별들처럼 쏟아지는 예쁜 기억들을 억누르고 있어. '나'라는 '행성'이 무너져 내릴까 봐.

우주에서 바라보면 아무것도 아닌 일들인데, 나는 우주 같은 내 마음을 바라보며 왜 통곡을 하고 있는 걸까?

수많은 행성이 회전하면 뭐 해, 여기서 올려다본 별들은 그저 가만히 있는 것처럼 보이는데.

무거운 먹구름이 내 시야를 가리고 있어. 소나기가 올 건가 봐. 매섭게 눈앞에서 번개가 치고 있어.

지금은 2월 초, 봄이 다가와. 내 마음의 계절은 겨울 장마인데.

끝이 보이지 않는 터널 속에, 번뜩번뜩 꺼졌다 켜졌다를 반복하는 전등들 사이에 홀로 앞으로 뛰어가고 있어. 소리를 지르며 달리고 싶지만, 겁쟁이처럼 보이고 싶지 않아서 소리는 지르지 않아.

4일 만에 공책으로 40페이지를 넘겼다. 하루 평균 10페이지를 쓴다는 말이다. 나도 내가 정확히 뭘 원하는지는 몰라. 그냥 흘러가는 대로 글을 쓸 뿐이야.

어제 낮에 내 침대에서 올려다본 하늘은 무척 파랬는데, 오늘은 회색이다. 그냥 빨리 시간이 지나가 잘 시간이 되었으면 좋겠다.

월요일부터는 이곳에서 나가면 어떻게 한 계단씩 오를 건지에 대해 생각해봐야지.

입원하기 전날, 내가 소중히 여기는 이들에게 화를 내었다.

Disinhibition: 나는 분명 입에 자낙스 한 통을 털어 넣었다. 잠들었어야 했는데, 화를 내었다. 모두가 날 용서해주기를.

우리가 눈물을 흘릴 때, 또르륵 한 방울의 눈물을 흘릴 때, 뭔지 모를 빛에 반사되는 눈물을 연상시키는 건 영화 때문이야?

지민아, 네가 없어도 세상은 굴러간단다.

원한다면 나를 원망해. 미안한데, 나도 받아들일 수밖에 없어.

홀로 외롭게 무대에서 수만 명 앞에서 노래하는 내 모습을 상상해. 열심히 살아왔고, 수없이 많이 아픈 이들을 겪어보았고, 자연스레 나오는 내 가삿말과 멜로디는 그 사람들을 울고 웃게 해줄 거야.

내 나이 곧 서른 살, 백 세 시대에 나머지 70년을 어떻게 살아갈 거야?

잠이 온다. 아까 먹은 공황 장애 약 때문일 거야. 공황 장애를 방패 삼는 것도 지긋지긋하지만, 공황 장애를 무기 삼는 나 자신도 지긋지긋하다.

바깥에선 항상 시간이 부족했는데, 여기서는 시간밖에 없어. 내가 하고 싶은 건 그냥 글쓰기. 내가 느끼고 경험하는 것들을 기록하며 중심을 잡는 것.

미리 슬퍼하지 마. 아직 아무 일도 일어나지 않았어.

눈을 조금 붙여 볼까? 아이유의 〈밤 편지〉를 들으면서 말이야. 갑자기 또 불안해. 너와의 기억이 돌아올까 봐 겁이 나.

사람들은 말하지. 내가 나를 사랑해야 한다고. 그게 뭔지, 무슨 느낌인지 내가 알면 벌써 그렇게 했겠지.

모든 게 끝나서 내 숨이 멎을 때, 웃지도 울지도 않을까 무섭다.

내 말 한마디가 생각하게 하는 게 아니라, 어떤 무드를 느끼게 해 주길.

삶이 일직선이라면 지금 이 순간은 그 선의 끝자락에서 새로운 점을 찍고 있기를. 내가 할 수 있는 건 무엇이든 하고 있어. 너무 허무하게 생각하지는 마.

가슴은 축축하고, 머리는 얼어붙었고.

비가 오는 날이 그리워. 축축하고, 기분 나빠도 너랑 있어서 모든 게 괜찮았는데.

차디찬 바람, 당신을 하염없이 기다리던 날, 그 추웠던 날, 외로웠던 날, 쓰레기장 앞에 혼자 쭈그려 앉아 담배를 피우며 전화로 당신에게 왜 이렇게 늦게 오냐고, 불평불만을 늘어놨던 날.

당신은 모를 거예요. 당신 생각보다 훨씬 많은 추억을 품고 살아가고 있어요. 그리고 그 수많은 추억을 가슴에 품고, 당신이 떠날 것만 같은 느낌을 동시에 지니고 있으면, 미칠 듯 불안해지고, 이건 제가 마음대로 바꿀 수 있는 그런 게 아니에요. 그 두 가지를 동시에 느끼는 것 말이에요.

우리 여행 가요. 제가 운전할게요.
우리 산속으로 가요. 밤에는 제가 지켜줄게요.

'사랑해'라는 말은 왠지 세 번 해야 할 것 같은 느낌이야. 마지막으로 딱 한 마디만 할 수 있다면 넌 무슨 말로 너의 인생을 마무리할래? 나는 사실 "사랑해."보다는 "고마워."야.
내 친구 A에게 물어보았다. 그녀는 웃으며 대답했다.
"씨발."
B도 "씨발."이란다.
C는 "Shit!"
D는 "좆 같다.", E도 "좆 같다."라고 했다.
F는 '살고 싶어.' G는 "안녕."

우린 모두 사랑받아야 마땅한 존재들이지만, 동시에 상처받으며 살아 있어야 하는 존재들이다.
좋았던 기억들만 모아서 우는 거지, 그 시기 전체가 좋아서 우는 게 아니야. 진실은 돌고 돈다. 하나가 아니다. 마치 동양 철학처럼. 우린 모두 스스로까지 속여가며 생존하고 있다.

지난번 입원했을 때처럼, 누나야에게 전화하는 게 당연했으면 얼마나 좋을까?

그리운 사람들이 많은 건지, 그리운 순간들이 많은 건지 알 수가 없다. 그리운 사람들을 만나 그리운 순간들의 100분의 1만이라도 다시 느낄 수 있다면 얼마나 좋을까?

사랑해 → 미안해 → 고마워 → 안아줘 → 사랑해

끔찍한 하루하루 글 쓰는 것에 집중하며 버티고 있다.
버티는 게 맞긴 맞는 거야? 회피해도 나중에 결국엔 '화'로 돌아오는 건 아니야?

이루고 싶은 모든 걸 이뤄내야만 하는 2022년.
그래야 내가 원하는 곳에 갈 수 있을 거야. 혼자서도 할 수 있음을 기억해.
약에 의존만 하지 마. 네 인생은 네 거야. 절대 다른 무언가에 의해 움직이지 마.

아파도, 슬퍼도, 외로워도, 차가워도, 이 모든 건 네가 선택한 것들이 아니니, 네 탓도 아니야. 매일매일 일렁일렁 행복감에 취한 삶을 살 수 있게 되길 간절히 기도할게, 지민아.

스물아홉 살, 어린 나이에 나름 이뤄놓은 게 많다고 느껴봤자 내 앞을 서성이는 16살 중딩 앞에서는 먼지만큼 작게 느껴진다.

이곳은 매우 건조하다. 헤어드라이기가 따로 필요 없고, 코가 아프다.

온종일 글만 쓰고 있다. 마음이 편안해지고, 무언가에 집중하는 나 자신이 대견스럽다. 약을 복용한 상태도 아닌데.

메틸페니데이트 계열의 약물은 내 인생에서 OUT!

우린 항해사들이다. 파도 한번 제대로 맞으면 죽어. 조심해.

'왜?'라는 건 없어. '어떻게?'만 존재할 뿐.

공황 장애가 다가올 때 느낌을 묘사하자면, 눈보라 치는, 지평선이 보이는 공터에 홀로 가만히 서서 고통 속에 죽어가는 느낌이다.

'이래도 좋고, 저래도 좋고.' 그렇게 마음먹고 살아야지 다짐해도 그게 잘 안 돼. 근데 그렇게 마음먹지 않는 것보다는 나아.

지금 이런 삶도 꽤 나쁘지 않은 삶이란 것을 기억해.

내 삶이 클리셰적이고 전형적이어서 좋아. 순수한 예술을 좇다가 한창 잘될 때 정신병에 걸려 넘어지고 수년간 고통 속에 살다가 다시 일어서 그 어느 때보다 힘차고 씩씩하게 살아가는 모습.

사랑이란 그런 건가. 그 순간에 최선을 다하고 나면 미련을 가지지 않아도 되는 그런 것.

내가 없던 5년 동안, 혼자 아파했을 누나야를 떠올려봐. 누나야는 그 아픔마저 숨겼었지. 알아주지 않아서, 보듬어주지 못해서 미안해. 무척 사랑해, 누나야.

매 순간 목숨을 걸고 최선을 다해 사랑하는 모든 이들에게 경의를 표합니다. 매 순간 목숨 걸고, 사랑하지 못한 절 용서해주세요.

타인에게 상처를 주는데, 그 사람은 얼마나 억울할까? 내가 아프다는 이유로 날 용서하지 않으면 상처받은 이가 나쁜 사람이 되는데, 얼마나 억울할까?

그래도 날 떠나지 말아줘. 결국에는 사랑하는 거니까.

누나야를 얼마나 아프게 했는지 드디어 느껴진다. 누나야는 날 떠나더라도 절대 나쁜 사람이 아니야. 나 때문에 너무 고생 많았어. 사랑해.

오늘도 결국에는 저녁 시간이 다가온다. 이 또한 지나가리라. 작년에 비하면 아무것도 아니지만, 작년에는 옆에 누나야가 있었잖아. 이곳에서 한 달쯤이야. 아무것도 아니지.

2021년 크리스마스 때, 나는 공황 장애로 앓아누워 있었고, 간신히 누나가 차려준 밥을 먹을 때 속으로 얼마나 미안했는지 몰라. 난 해줄 수 있던 것이 하나도 없어서.

앞으로 나아가려는, 살아가려는 생각만 해야 한다는 걸 잊지 마. 불안이 또다시 엄습해온다. 약을 또 달라고 해야 하나?

마지막 병동 생활이라고 생각하니 뭔가 더 잘 지내봐야겠다는 생각이 떠오른다. 사실 안전함이 크게 느껴지는 곳이긴 해. 극도로 위험한 상황까지 못 가게 막아주는 곳이기도 해.

독하게 마음먹어, 제발.

내가 힙합을 한다고 지랄하는 새끼들 분명히 있겠지.

흐렸던 날씨가 개고, 내가 올려본 하늘에는 푸른 하늘 가운데 달이 동그랗게 떠 있다. 지나가리라. 지나갈 것이다. 시간이 한참 지나면 괜찮아지리라.

못 참겠다. 약 달라고 해야지.

15분 뒤면 벌써 저녁 시간이야.

오늘 밤, 하늘에는 단 하나의 별도 없겠지.

어두운 밤공기를 마시며 기억하고 싶지 않은 외로움을 더 깊어지게 하는 법을 난 사실 알고 있었어.

내 인생, 내 과거는 거짓투성이야. 그래서 이렇게 벌을 받는 걸까? 도대체 뭐가 진실인지도 이젠 구분이 안 가.

범죄는 저지르지 않았지만 수많은 죄를 지었고, 그 죄들의 무게는 엄청나. 이걸 짊어지고도 꿋꿋이 살아가야 해, 지민아.

나가자마자 새로운 삶을 살 수 있기를.

내가 원하는 건 사람들의 축복 같은 게 아냐. 내가 원하는 건 공감이고, 소통이야.
누나야의 한숨을 한 번만 더 듣게 된다면 나 어떻게 살아가지?

절대 낫지 않을 것 같은 우울증. 음악으로 이겨내리라.

내 롤모델은 아이유.

누나의 결정에 연연하지 않고 살아가는 나.

내가 공주야. 그게 나야. 나는 지구에서 가장 예쁜 공주. 이 자리는 양보 못 해.

끊임없이 나오는 글귀들. 퇴원할 때까지 총 몇 개의 글귀를 남길 수 있을까?

공책이 두 장 남았다. 유독 오늘 글을 쓰는 걸 멈출 수 없다. 많이 불안한가 봐. 펜의 잉크도 거의 다 떨어져가고 있음을 느낀다. 영아가 나 보고 조증 아니냐 묻는데, 맞는 것 같다. 이 정도면 온종일 쉬지 않고 글만 쓴 거나 다름없잖아.

감정에 취하지 말자. 취하고 싶어 미쳐버릴 것만 같아도 무언가를 완성시키고, 타인의 목소리를 들으려면 이성을 잃지 말아야 해.

타인의 목소리를 듣는 건 공감을 하기 위해서도, 공감을 받기 위해서도 매우 중요한 태도이다. 어쩌라고, 내가 얼마나 섬세하게 사랑해주는데. 그걸 몰라주면 나 보고 더 어쩌라고. 이런 뻔뻔한 태도를 유지하려무나…. 네가 살고 싶으면 말이야.

누군가와의 사랑에 성공하는 것만큼 아름다운 성공이 없기 때문에, 내가 지금 이렇게 우울한 거겠지.

삼십 대를 이십 대처럼 보내보자. 이십 대를 삼십 대처럼 보냈잖아.

지금만 생각해. 미래에 대한 경우의 수를 세어봤자, 불안감만 커지는 거야. 현재 시각 오후 6시 26분, 난 현재에 집중하고 있는가?

20대 초반 스타벅스 강남역점에서 아르바이트를 하던 때가 떠오른다. 매일 매일 힘들어도 신났다. 사람들이 많이 있었기 때문에 그렇다. 난 사실 사람들과 일하는 게 세상에서 제일 좋다.

바람이 눈에 보인다면 무척 무섭겠지. 사랑이 그래. 바람 같아.

네가 가진 상상력, 실행력을 그대로 밀고 나가. 모든 걸 너의 혼자 힘으로 이뤄낼 수 있어. 다른 사람의 힘을 자꾸 빌리려고 하지 마. 그게 망하는 길이야.

내방역 길거리를 오가던 시절이 사실 제일 안정적이었어. 그 시절로 돌아가야만 한다면 돌아가긴 할 수 있을 거야.

단 한 번도 사랑해본 적 없는 사람보다는 나은 삶을 살고 있는 것은 틀림없어.

인생 어차피 혼자라 생각하니까 무척 서글프다. 이번 고비만 넘기면 우리 엄청 행복할 텐데 그걸 못 넘길 거 같은 불안감이 드네요, 하나님. 그래도 저, 주어진 상황에서 최선을 다해 사랑하긴 했어요. 미안한 게 너무나 많지만, 주어진 상태에서 최선을 다하긴 했답니다…. 저 용서해주시고, 누나야도 돌려주시면 안 되나요?

한마디 잘못했다고 사람 마음이 그렇게 쉽게 바뀌고, 매일 보고 싶다던, 매일 봐도 봐도 또 보고 싶다던 사람이 이렇게 한순간에 변해버린다. 나, 이제 사랑을 어떻게 믿어? 한 마디만 잘못한 게 아니어도 말이야….

다시는 사랑으로 인생을 좌지우지하고 싶지 않아. 사랑은 내 세상에서 혼자 하되, 기대하지 말자. 실망도 큰 법이니까. 사실 나도 몰래 누나가 했던 영원의 말들 한 귀로 듣고 한 귀로 흘렸어. 상처받을까 봐.

나 이제 무너지지 않아. 서로 사랑하는 마법은 없다고 믿고 결국, 나만의 사랑을 세상에 보여주고 설득하는 수밖에 없으니까.

열심히 기도해보자. 돌아올 수도 있잖아. 근데 정말 이런 상태로 돌아와도 의미가 있는 게 맞아?

2022.02.14.

어젯밤, 엄마가 대신 해준 미리 누나의 헤어지고 싶다는 말에 아티반 주사를 맞고 아직도 헤롱. 실망이래도 괜찮아. 더 좋은 일과 사람들이 네 주위를 감싸게 될 거야. 오늘도 힘내고 씩씩하게!

태풍 속에서 고요한 중앙으로 가는 게 태풍 밖으로 나가는 것보단 낫겠지. 내 모든 계획에는 '누군가'가 함께 있다. 나도 홀로, 혼자 여행해봐야 하는데.

당신들이 내 앞길을 막는다고 해도 나는 꿋꿋이 앞으로 나아갈 것이다.

내가 원한 삶은 이런 건 아니었어. 상승하고, 더 좋은 쪽으로 가는 거였는데, 점점 안 좋아지는 지금 내 삶에는 반전이 필요해.

슬퍼도 웃어넘길 줄 알아야 하는 현실. 한 사람의 죽음이 모두에게 애통할 수는 없는 법. 오늘 아직도 하늘은 회색빛이다. 이따가 파란색으로 변해줄까?

사랑해본 적 없는, 내 세상에서의 사랑을 해본 적 없는 사람은 절대 이해 못 하겠지. 나 말고 그 무엇도 보이지 않는다고 그렇게 말해놓고선.

누나야, 미안해. 그냥 돌아와.

그래, 그 화가 난 내 모습이 본모습일지도 몰라. 아니, 그것도 내 모습일 거야. 그렇게 생각하니 억울하진 않아.

모두가 그렇듯, 나 한 명의 희생보다는 나 한 명의 행위에 관심이 더 많다. 인생은 그런 거야. 각자의 세계가 있고, 우린 거길 침범하면 안 되는 거야.

병실에서의 또 다른 하루, 오늘은 어제 주사로 맞은 아티반 때문에 계속 졸린 것 같다. 나잇값 하자. 울지 마.

슬픔이 휘몰아쳐 속앓이하는 중. 나는 왜 이렇게 나약한 거야?

우린 알 수가 없지. 우리 위에 언제나 무지개가 떠 있다는 걸. 그 무지개를 따라가기만 하면 된다는 걸. 우린 모르지.

오늘은 2월 14일 발렌타인데이야. 중요하고 소중한 날 나는 날 떠나갈 준비를 하는 그녀에게 할 수 있는 게, 해줄 수 있는 게 하나도 없네.

받아들일 수 없는 것이란 건 없어.

받아들여. 흘러가는 시간과 지나쳐 가는 사람들을. 우린 언젠가 모두 죽어.

누나야가 말하는 씩씩함은 '무시'나 '회피'에서 오는 게 아니라 '받아들임'에서 나오는 것이기 때문에 강한 거라 생각해.

내가 남들을 볼 때 장점들만 보는 것처럼 너 자신을 볼 때도 장점만을 보길 바라.

네가 숨겨놓은 자아가 있어. 매우 어른스럽고, 상냥하고, 따스한 자아가 있어. 그녀는 그 당시의 나를 받아들이지 못했지만, 너 스스로는 알고 있었어. 그 자아가 얼마나 예쁜지, 이별 선물로 그녀가 장난스레 갖고 싶다던 걸 기억하고 주었잖아.

노래 들으며 글을 쓸 때, 알프라졸람 0.25mg과 쿠에타핀이 내 몸을 지배하며 글을 쓸 때 정말 나 스스로가 괜찮다고 느껴져.

연애, 웬만하면 하지 마. 네 우울증이 네가 사랑하는, 널 사랑하는 사람을 지치게 만들어. 여기서 나가면 네가 어떤 약속을 했는지 기억하고, 그 약속의 상대가 기뻐할 만한 일을 해. 슬픔을 두 눈에 담고, 모든 화는 예술에 담는 것으로 해.

이제 우리는 없는 걸까. 일어나지도 않은 일에 너무 슬퍼하지 마. 아니면 이미 일어난 걸까? 왜 이렇게 슬프지?

내가 이것도 견뎌내는데, 밖에서 뭘 견디지 못할까? 뭐든지 다 해낼 수 있어.

기절할 거 같아. 내가 만든 나의 과거가 거대한 해일이 되어 날 덮치려 하는 것 같아.

할 수 있는 게 하나도 없을 때, 나의 무능함을 느낄 때, 고통스러워. 이건 누구나 마찬가지일 거야.

내 목을 조르고, 목을 매다는 끔찍한 상상을 해. 마치 누군가 그렇게 하라고 시키는 것 같아.

심장이 너무 아파온다. 쓰라리다. 누군가에게 안아달라고 하고 싶지만, 자격이 없는 것처럼 느껴진다.

오전에 벌써 여덟 페이지를 썼다. 이젠 노트와 펜이 없으면 불안해질 정도이다. 더는 쓸 글도 없을 것 같은데, 계속 나온다. 끊임없이 나온다.

내가 내 상태를 잘 보아하니, 거의 죽기 직전이라 결국 또다시 악으로 살아가야 하는 것 같더라.

언제쯤 나갈 수 있을까를 매일 외쳐 봤자 나갈 때쯤 나가게 되겠지. 그냥 즐겨. 피할 수 없잖아.

자연스레 나오는 가사만큼 강력한 게 없어. 우린 왜 이렇게 나약한 걸까요? 나약한 우리는 엄청나게 센 척을 해야 해요. 오늘은 약을 먹어도 먹어도 계속 힘들다. "나만의 길을 가." 멋지게.

그동안 인지도 하지 않은 채 앞으로 달리기만 했던 내가 대견스럽기도 하고, 지금 보면 대단하다.

치료되지 않으면 어차피 지키지 못할 것들.
삶의 아픔을 아는 나 같은 사람이 노래해야지 누가 노래를 부를 건데?

사람들에게 나는 골칫거리. 그래도 쉽사리 날 떠날 수 없고, 욕할 수 없는 이유는 난 언젠가 행복만을 주는 빛나는 존재가 될 것을 다들 알고 있기 때문이야.

평소에 여유가 있었다면 얼마나 좋았을까? 여유 없는 내 삶, 안타까워.

뭔가 나만의 길, 나만의 발자취가 있었다면 정말 좋았을 텐데….

끊임없는 눈보라. 나는 앞으로 갈 수도, 뒤로 갈 수도 없다. 죽을 수도 있지. 일단 그 눈보라를 맞아보자.

이젠 내 삶의 방향을 결정해야 하는 시간

그동안 너무 아무 생각 없이 하기 싫은 일들을 해왔어. 열등감 때문에.

오늘은 병동에서 특별한 일이 아직은 일어나지 않는다. 자기인지도 안 되는 사람들이 퇴원시켜 달라고 찡찡대는 거 말곤 그저 평화로운 오후 1시 40분이다.

기분이 가라앉는다. 전화는 오늘 할까? 내일 할까? 내일 하는 게 맞겠지. 누나는 내 마음을 아나요? 헤아리려다 포기한 순간을 아직도 기억해요. 상처받았지만 참았어요. 그래서 억울해요. 연약하기 그지없는 내 정신. 뭘 하며 버텨야 하는지 모르겠어. 빨리 꺼내줘, 제발.

잠에서 깨어났다. 전화 시간, 나는 전화할 곳이 없다. 사형 날짜를 기다리는 사형수 같다.

오늘 선생님 면담해야 할 텐데
뭔가 진전이 있으려면 내일 저녁까지는 기다려야 하겠지.

어차피 사람들은 몰라. 뒤에서 얼마나 피눈물 나게 연마를 하는지. 예술은 자존심 싸움이 아니란 걸, 자기 자신에게 처절하게 솔직해야 한다는 걸. 나도 '섬'이라는 팀이 있으면 얼마나 좋을까?

'실망했다.', '상처받았다.' 무슨 차이야? 헤어지고 싶다는 건 똑같잖아.

왼뺨을 맞으면 오른쪽 뺨 내밀 줄 알아야 한다고, 그래야 내가 원하는 것을 얻을 수 있다는 걸 알고 있어서 그 무엇도 지우지 못해. 우린 그때 서로를 진심으로 사랑했고, 결국엔 서로를 진심으로 증오했어.

중요했던 순간들이 억울하고, 미안하고 그래. 그 사람에게도, 나 자신에게도.

내 진솔한 이야기가 모두 담긴 이 책의 제목은《과거를 밟고》저자는 최지민.

나는 유일한 존재야. 흔한 존재가 아니야. 사랑받아 마땅한 존재야.

차분하게 가사를 쓰고 싶은데, 비트가 없네. 나가면 신나게 가사를 써 내려가야지.

당신들은 모르지. '내'가 쓰는 손 편지의 내용. 당신도 몰라줄지 몰라. 하지만 난 알고 있지. 오롯이 당신을 위해 쓴 손 편지라는 것을.

당신들 앞이나 똑바로 봐. 나는 여기에 있어도 필연적이라 믿고, 충분히 있을 만큼 치료가 다 되었다는 말을 듣고, 편법 쓰지 않고 퇴원할 거야. 그리고 자랑스럽게 또 자연스럽게 살아갈 거야.

보이는 게 다가 아니야. 내가 거칠어 보여도, 속은 물컹물컹해서 더 거칠어 보이고 싶어 하는 거야.

약 한 번 더 먹어야지.

한번 참아봐야지.

더 쓸 글이 떠오르지 않아. 면담 시간이 지나 봐야 알 것 같아 내 기분.

빛날 존재들은 이미 빛나고 있고, 그 빛은 자기 자신만 볼 수 있는 거야.

내가 당신을 얼마나 아프게 했나요? 내가 아프게 한 만큼 나도 아파한다는 걸 윤지는 어떻게 알았나요? 찬란한 내 인생, 병실에서도 빛나는 내 인생.

인풋은 이제 그만. 아웃풋 중심의 삶이 시작될 것임을.

내가 내 모습을 볼 수만 있다면 고칠 게 없다는 걸 명확히 알 수 있을지도 몰라.

병동 친구들과 의미 없는 농담 따먹기를 하다 현실이 느껴진다. 3월이 지나서야 비로소 나갈 수 있겠지?

세상과의 단절을 통해 배우게 되는 것 중 하나를 꼽자면? 내 존재의 무의미함과 강한 생존 본능.

우리는 '왜 존재하는가?'에 대한 대답은 없다. 정신이 없다. 무슨 생각을 해야 하는지, 무엇을 느껴야 하는지, 난 알 수가 없다. 무슨 일이 있어도, 지금까지의 '나'를 지켜야만 해, 지켜내야만 해. 새로운 '나'는 없어, '지금까지의 내가' 표현되는 순간 새로운 '내'가 태어나. 존재에 대한 의문은 '향수'로부터 온다.

내 공주 자리는 아무에게나 주는 게 아닌데, 누나야한테는 줬었는데…. 언제쯤이 되어야 자유롭게 노래를 할 수 있을까?

올 한 해까지만 좀 무리해서 성공하고 싶어. 나의 병에 대해 왈가왈부 안 했으면 좋겠어.

나의 담당의 선생님이 현재에 집중하라고 하셨어.

피하는 게 아니라 약속을 지키는 것뿐이니까. 너무 마음 쓰지 마. 인연이면 다시 만나게 되겠지.

808 베이스 '둥둥' 소리 좋아. 새로운 노래들이 잔뜩 나올 것 같은

기분.

누나한테 죄책감이 앞서는 이유는 분명 내가 잘못한 게 있기 때문이야. 밖에 나가서 정중히 사과하고 싶어.

내 글이 도움이 되고, 위로된다니 정말 다행이야.

나도 죽고 싶은데 동시에 살고 싶거든.

2022.02.15.

어제 면담 시간에 담당의 선생님이 2020년에 찍은 내 뇌 사진과 2022년 엊그제 찍은 뇌 사진을 보여주셨다. 아직 정상 범위(Normal Range) 안에 있다곤 하지만, 내가 봐도 위험해 보일 만큼 뇌가 많이 손상되었다. 약을 그렇게 했으니까 그렇지.

여전히 후회는 남는다. 좀 더 영리하게 살 수 있었을 텐데. 약 때문에 놓친 기회들을 생각해봐, 네 잘못이야. 내가 바랐던 건 도대체 뭐야? 그대로 살아야 해? 나는 더는 꼭두각시 인생은 싫어. 우린 모두 누군가의 기생충이야.

아무 일 없었다는 듯 살아가. 과거를 모두 짊어지기엔 과거가 너무 무겁잖아. 우린 모두가 죄인이야. 하나님께 용서를 구해봐. 빨리 나가서 노래가 하고 싶어요.

아픔이 궁금한 이들보단, 아픈 이들에게.

지난 3년 동안 이곳에서 생활한 날을 계산해보면 벌써 3개월이 넘는다. 지겨워. 지그시 쳐다보지 마. 나를 꿰뚫어 보지 마, 무서워.

이제 더는 숨지 않을 거야. 내 모든 것을 내려놓고 모든 걸, 나의 모든 걸 보여줄 거야. 내 생각을 읽으려고 노력하지 마. 나 생각 같은 거 안 해.

아이유 같은 멋진 가수가 되고 싶어. 수만 명 사이에도 홀로 설 수 있는 가수.

아름다운 별빛 아래, 로맨틱한 분위기. 우린 의자가 아닌 그네에 앉아있었고, 별 얘기 하지 않아도 알고있었지. 서로를 사랑한다는 걸.

그대로 두어야 아름다운 것들을 나는 모조리 헝클어놓았어. 병 때문에, 고칠 수 없다고 믿었던 병 때문에. 고치기 싫었겠지. '파괴'는 새로운 '창조'라 생각했으니까.

우울해. 또 우울감이 내 몸을 삼켜버렸어. 우울증은 정말 고칠 수 없는 걸까?

내 심장 소리는 너만 들을 수 있었고, 내 심장 소리는 널 편안히 잠들게 했지. 어찌 보면 당연한 일이었을 거야. 나는 무척 불안했고, 넌 너 대신 불안해해줄 사람이 필요했을 테니까.

어릴 적부터 유별났지, 난. 아직도 기억이 나. 그날, 사랑받고 싶었던 유약한 날, 공감하고 이해해주지 않았어, 아무도. 왜? 내가 좀 유별나다고, 좀 다르다고 인정하지 않았던 걸까?

지금은 많이 인정할 수밖에 없어. 날 정당화하기 위해서 말이야. 나는 특별하고, 재능도 많고, 앞으로 할 수 있는 일들이 너무나 많아. 약에 손대지만 않는다면 말이야.

나는 왜 바보같이 중요한 순간들에 가만히 관찰만 하고 있었을까요? 그 순간에 조금만 개입했어도 많은 게 달라졌을 텐데. 우아하고 싶은 내 나머지 인생.

헤아릴 수 없는 것들이 세상에는 너무나 많아. 헤아리고 싶지 않았던 것들이 너무 많아. 그래, 누나한테 기대고 싶었어. 그래, 그것도 사랑이야. 아무한테 기대고 싶은 건 아니잖아.

2주 가까이 입원해 있는데, 여전히 작년 같아. 모든 게 그대로야.

글을 쓸 때 굉장히 자유로워. 생각을 열심히 안 해도 막 써지거든.

당신들은 모르지 내가 뭐가 될 수 있는지. 항상 그래왔지. 그리고 난 결국 해냈지. 당신들은 그런 나를 보고도 믿어주지 않았지. 이번에는 크게 한 방 터뜨리며 보여줄게.

날 위해 쓰인 사랑의 운명이 분명히 있을 거라 믿어.

나를 빼앗아. 나를 가로채. 지금이 기회야.

미안하지만 사랑을 할 힘이 남아 있지 않아. 오롯이 사랑받을 공허한 내 가슴만 남아 있어.

과거를 밟고 일어나, 어차피 일어서야 해. 누워 있어 봤자. 바뀌는 건 하나도 없어.

상처는 당신 혼자 받은 거고, 난 상처를 줄 의도가 없었어. 하지만 난 영원히 당신 뒤를 지켜주는 영혼이 되어줄게.

씀씀이가 큰 나는 돈을 많이 벌어야만 한다는 걸 알고 있어.

누나야, Justin Bieber의 〈Off My Face〉만 들으면 누나야가 떠올라. 내 안에 누나가 없다는 건 정말 커다란 오해고, 나는 너무나 억울해.

우리 헤어져야만 할 것 같은 기분이 들어. 누나가 그런 오해를 하고, 내가 누나한테 했던 말들을, 상처 주었던 그 말들을 생각해보면, 자꾸 그런 생각이 들어. 하나님은 우리를 어디로 이끄실까?

이 안에서 전화로 전할 수 있는 건 별로 없어서 더 절망적이야. 이 책이 출판되고, 누나가 나에 대해 정확히 알게 된 순간은 이미 늦었을 거야. 난 앞으로 힘차게 달려가고 있을 거거든.

정말 해낼 거라는 믿음이 모든 걸 가능하게 만들어.

누나를 포함해서 수많은 사람은 나를 또 의심하겠지. 의심해봐. 결국, 난 한번 해낸 적이 있고, 이번에는 더 빠르고 깔끔하게 이뤄낼 테니까.

나는 매일매일 적어놔, 이겨낼 거라고. 말이 씨가 될 거야. 이겨낸다. 반드시. 진짜 '나'야. 살아 숨 쉬는 '나.'

오늘은 아침 7시 30분에 일어나 끊임없이 글을 쓰고 있지. 지금 시각은 11시 35분, 오늘은 공책의 100페이지를 채울 거야.

사람은 당신이 필요해. 네 옆에 괜찮은 척하는 당신을 봐. 사람은 당신이, 당신은 사람이 필요해.

우리 모두 사실은 죽을 날을 기다리고 있지만, 언제 죽을지는 아무도 생각하고 싶어 하지 않아. 나는 늘 생각하면서 살아왔어. 내가 죽어도 세상은 굴러가. 굴러가는 그 세상 속에 잠시라도 조금이나마 도움이 되는 톱니바퀴고 싶다고.

스물아홉 나이에 꽤 많은 경험을 하고 살았지. 그중 가장 끔찍한 경험은 생각해봐야 할 만큼 내 머릿속에 꼭꼭 숨겨놓았지.

죽기 살기로 세상과 부딪히며 살아왔고, 난 여전히 지칠 수 없어.

연말에는 누군가와 샴페인을 터뜨리고 있을 거야. 만족하는 12월이 찾아오기를.

또다시 불안할 때 먹는 약들을 먹었어. 오늘이 지나고 나면 나 어떻게 살아가.

진실하게 보이려면 거짓말을 해야 하는 세상을 해학적으로 비판하며 살 수 있기를.

오늘 밤, 누나에게 전화해서 물어볼 한마디, "원래의 내가 그립지 않아? 보고 싶지 않아?" 하고 물어볼 거야. 나, 눈물이 터져 나올 수도 있어.

누나야… 우리 헤어지지 말자….

너무 슬퍼서 앞서 했던 말들이 모두 무용지물이 될 것만 같아. 우리 모두 구원이 필요해.

로맨틱한 순간을 내가 만든 걸까? 아니, 분명 제3의 무언가의 개입이 있었어. 그게 하나님이겠지. 사랑이 대체 뭔가요 하나님?

다시 약에 손을 댈 수도 있다는 담당의 선생님 말이 사실 우습게 들린다. 내가 이번에 얼마나 크게 상처받았는지 몰라서 하는 말이다. 메디키넷, 자낙스는 꼴도 보기 싫다.

이대로 가만히 앉아 있으면 끝나는, 끝내어가는 인생을 살게 될 것 같아. 다시 시작하는 마음으로 살아가자.

다음 생에도 인간으로 태어난다면, 벤자민 버튼 같은 인생 말고 평범한 가정 속에 온실 속 화초처럼 자란 이가 되고 싶다.

울적하다. 너무 우울해. 누나야 제발 날 떠나지 마.

내가 여기 얼마나 있을 줄은 알고, 몇 개월 못 볼 수도 있다는 걸 알고 보낸 거야?

내 마음은 내가 결정해야 해. 내 기분, 내 감정도 마찬가지야. 그래서 네가 원하는 게 이기적인 사랑이야, 아니면 그녀를 위한 이별이야?

미안하지만 난 무척 이기적이라, 그녀는 절대 보낼 수 없어.

그녀가 없는 날엔 나는 입안에 수많은 자낙스를 털어놓고, 그날을 지워버렸지. 그녀는 나의 Plug. 그녀는 내 지킴이란 말이야. 절대 보낼 수 없어.

쓰라려, 왜 벌써 쓰라려? 불길해. 나를 믿는다는 전제하에 안 좋은 소식이 들려오겠지. 그냥 현재에 집중해. 어차피 아무것도 몰라.

똑같은 말들을 반복하는 거 같은 거 내 기분 탓이야?

가장 따뜻한 사람이 가장 차가운 사람임을 잊지 마. 그녀는 끝까지 지독하게 차가워. 5시간이나 남았어요. 모두 절 위해 기도해주세요.

낭만적인 삶은 그대와 함께하고 싶어요. 무너져 내린 오늘이에요. 가슴이 팽창되어있고, 글 쓰는 모든 말이 저려와요. 제 슬픔을 가지고 가주세요.

삶은 무언가의 연속이자 반복 같아요. 이 시기도 지나가겠죠? 당신을 잊을 순 없을 거예요. 절 이렇게까지 사랑해준 사람이 단 한 명도 없었으니까요.

사랑에 대한, 설레는 마음이 없었을 리가 있나요?

이 동심을 잃고 싶지 않아요. 제 모든 어린아이 같은 모습을 그대에게 보여주었죠. 절 이렇게 사랑해주니까요. 그래서 더더욱 포기할 수 없어요. 우리 천천히 다시 발맞춰 걸어봐요.

이 책, 무슨 일이 있어도 소중히 여길 거예요. 애타는 누나를 향한 사랑이 비록 얼룩져 있지만, 가득하거든요.

결국 제가 무슨 말을 하더라도, 사랑한다는 말이에요. 이제 알겠어요. 제가 잘못하고 있었던 건 그 순간에 사랑을 느끼긴 하지만, 고통이 무서워 그 순간의 사랑을 되돌려주지 않는 습관, 고마움조차 잘 표현하지 않는 순간이 있었어요.

오늘이 가고 나면 내일은 어떤 날이 찾아올까요? 슬픔에 파묻히게 되는 날이더라도 잊으면 안 돼요. 아직 갚아야 할 사랑은 산더미라는 걸.

마음이 유약한 게 아니라, 제 인생에서 제일 중요한 게 '사랑하는 제 마음'이라서 그래서 이렇게 흔들리는 거예요. 저 좀 살려주세요.

빨리 오늘이 가길 빌어요. 병동 생활은 무척이나 힘들어요.
아직도 누나 얼굴이 아른거려 미칠 것 같아요.

오늘 하늘은 파란색이네요. 미치기 전에 약을 한 번 더 먹어야겠어요. 어른이 되기엔 아직도 멀었나 봐요.

속 안에서 터져 나오는 눈물이 앞을 가로막고, 내 시야를 좁게 만드네요. 비겁하고 멍청한 저는 더는 억울하지 않아요. 제가 잘한 게 뭐가 있나요?

하나님 너무 비참해요. 죽어야 마땅한 존재처럼 느껴져요.

괜찮아지는 데까지 시간도 좀 걸릴 것 같고, 빨리 밖으로 나가 누나를 찾아 헤매고 싶어요. 하나님 제발 부탁해요. 사랑만은 저에게 자유를 좀만 더 너그러운 마음으로 전해주세요.

사랑해요. 사랑해요. 사랑해요. 당신의 두려움이 모두 거짓이었다 해도, 난 당신을 사랑해요. 우린 항상 사랑해야 해요. 너무 서글프지 않게, 하지만 애틋하게 남겨야 해요.

이별을 맞을 준비를 하고 있어요. 혹시 모르잖아요. 귀가 뜨거워요. 혈압이 올라갔다는 얘기겠죠. 만약 정말 이별이 찾아온다면 저는 어떻게 해야 하죠?

우리 모두 약에 취해 열심히 괜찮은 척하고 있어요. 이 얼마나 가슴 아픈 장면인가요? 저는 저 자신을 사랑할 줄 몰라요. 그래서 타인을 어떻게 사랑해야 하는지도 잘 모르나 봐요. 이해를 바랐던 것도, 공감을 바랐던 것도 아니에요. 그저 내 옆에서 영원히 절 지켜주는 요정 그리고 그 요정을 무척 사랑하는 공주가 되고 싶었어요.

늘 제 편이었던 당신이, 같은 곳을 바라보는 게 정말 중요한 저를 왜 그렇게까지 매몰차게 버리려 했을까요? 저희 헤어져야만 하는 건가 봐요. 누나가 그렇게까지 할 사람이 아닐 텐데. 전화 시간까지 1시간 남았어요. 무척 불안해요.

버림받는 게 너무 무서워서 펑펑 울었어요. 병동 친구들이 웃긴 표정으로 절 달래주었어요. 하나님 아버지, 감사합니다. 이제 절대로 누나의 손을 놓지 않을 거예요. 우리 결혼까지 할 거예요.

2022.02.16.

기분 좋은 하루, 기쁨의 눈물이 와르르, 이제부터 누나한테 정말 잘해야지.

보이니, 이 사랑이 얼마나 소중한지. 누나의 용서가, 누나의 눈물이 우리의 서약임을. 사랑의 서약, 결혼할 거야. 돈도 열심히 벌고, 누나한테 좋은 경험도 많이 시켜주고, 커플 반지도 맞출 거야. 새로 만든 마음이 무너져 내리지 않기를.

약 없이 건강하게. 나는 이제 슈퍼맨이야, 걱정하지 마. 사랑의 힘은 위대해.

사람이 기쁠 때는 그 기쁨에 취해 아무것도 안 해도 괜찮은 상태가 된다. 이 평온함에 안주하지 않고, 어떻게 하면 이 평온함을 유지할지, 삶의 질을 어떻게 더 높일지 끊임없이 고민하면서 살아야지.

기쁨도 아픔도 모두 잠시만 안녕. 무언가를 만들어내려면 느끼지 말아야 하고, 알아야 하거든. 하나씩 하나씩 천천히.

'멋'은 잃어버리지 마. 넌 멋있게 잘되어야 해. 나가면 다시 시작이다. 설렌다.

나만의 목소리를 찾아서 크게 외칠 거야. 진실에 관하여.

밖으로 나가면 누나한테 정말 잘할 거야. 누나랑 커플링 먼저 할 거야. 불안이 많이 없어졌어. 누나한테 내 삶을 의존하는 게 잘못됐다 한들, 나는 그렇게 살아갈 거야. 의지가 되어주고, 의지하고. 사랑이니까.

오늘부터는 글을 많이 안 쓸 것 같아. 글을 쓰지 않아도 괜찮은 하루를 보낼 수 있다는 자신감이 생겼거든.

네가 없는 건 나와 누나 사이에 예쁘게 핀 꽃.

자랑 좀 할게. 나 사랑에 빠져 있어. 너희들은 상상도 못 할 거야. 이 느낌, 이 강인함. 아프고 쓰라린 시절은 가고, 우리에게도 봄이 찾아오고 있어요. 오늘도 하늘은 푸르다. 다르게 보인다. Blue가 아닌, Blues가 들려와. 하늘을 날자, 더 높이. 건강한 지금 이 상태, 너무 좋아. 세상 위로, 우주 밖으로, 이 기분 만끽.

집중할 수 있어. 약이 없어도 오히려 모든 게 더 뚜렷하게 잘 보여. 고통의 깊이는 무한대가 아닌 듯하다. 기쁨의 끝도 무한대가 아닌 듯하다. 우리는 언제나 균형을 이루며 살아가야 한다. 이제 우리, 밤하늘에 놓인 별들을 보며 함께 꿈을 꾸어요.

천천히 하나씩 급해 보이지 않게.

선생님이 일찍 퇴원시켜 주셔도 Stay cool, Stay chill.

하나님 아버지, 저는 그냥 현재에 머무르도록 하겠습니다. 저를 올바른 길로 인도해주신 것 같이 앞으로도 잘 부탁드립니다.

뭐든지 순서에 맞게, 모든 걸 제자리로. 누나가 그랬다. 함께 나아가자고. 난 왜 자꾸 우리가 애쓰지 않아도 멋진 커플이 될 것 같지?
누나가 너무 멋있잖아.

하나님 아버지, 어제만 생각하면 눈물이 나와요. 정말 너무너무 감사합니다. 퇴원하는 날에 데이지꽃 한 다발을 들고 누나를 찾아갈 거야.

앞으로는 어린 시절처럼, 프로답게. 영상을 할 땐 영상 감독처럼, 음악을 할 땐 음악가처럼. 따라 해볼 수 있으면 한번 따라 해봐. 아무도 못 따라 해. 시간에 맞춰 끝내는 연습을 해야 할 거야. 복귀한다고 생각해.

세상이 슬프다고 나까지 너무 슬퍼할 필요는 없잖아?

우리는 어느 정도 이미 정해진 길 위에 있어요. 두 갈래 길.

내가 죽는다면 제 모든 걸 미리 누나에게 주세요. 그녀는 제 인생에 가장 큰 존재, 제 생명의 은인이에요.

모든 걸 바쳐 사랑할 수 있게 해주셔서 감사합니다. 제 마음이 이렇게 예쁘다는 걸, 예뻐질 수 있다는 걸. 내 두 손 모아 기도했고, 자해 충동을 이겨낸 뒤, 누나의 용서가 찾아왔지요. 독자들에게, 자꾸 누나 얘기해서 미안해요. 너무 기쁜 걸 어떡해. 죽어도 여한이 없어요. 사랑이 저한테는 그래요.

글을 억지로 쓸 순 없어요. 갑자기 튀어나오는 거예요.

오늘도 저녁 7시가 지나고 있어요. 저에게 중요한 건 누나밖에 없네요.

타인의 시선은 신경 쓰지 않을래요. 내가 최고예요. 내가 중심이에요. 내 삶에서 만큼은요. 이제 진짜 제 인생의 시작이에요. 내가 무언가는 되겠죠. 나만의 결정은 아니겠죠. 후회에 대한 두려움은 이제 없어요.

어둠이 드리워도 무서워하지 마. 그다음 날 안개가 보이는 이유는 그 너머에 태양이 있기 때문이야.

우리 예쁜 누나야가 보고 싶어.

그 당시 당신이 저보다 더 아프다는 걸 알고 있었더라면 저는 그대를 떠났겠죠. 당신은 저를 기억하지도 못하는 알코올 중독자였고 저는 지금 절 사랑해주는 천사를 만나 잘 살고 있어요.

자기 자신을 사랑한다는 건 무척 어려운 일이지만, 충분히 사랑받다 보면 저 자신을 사랑할 수 있을 거란 믿음이 생겨요.

사랑에 올 인! 그래요, 저 미쳤어요. 어쩌라고요. 저는 이게 좋아요. 저는 여전히 사랑에 All in!

괜찮아요. 절 미워해도 괜찮아요. 논란의 중심이 되어도 괜찮아요. 조금 더뎌도 괜찮아요. 결국에 제 진실은 밝혀질 거예요. 사랑해, 사랑해, 사랑해.

가끔씩 등이 따가울 때, 사람들이 나를 싫어하는 것 같을 때, 괜찮아야만 해요. 아직 보여주지 않은 것뿐이잖아요. 내 마음이 얼마나 예쁜지, 예뻐질 수 있는지.

사람들이 모두 이해하지 못해도 괜찮아요. 모두 실수하면서 살잖아요. 실수하면서 배워가잖아요. 우리는 사실 앞으로 나아가는 방법을 알고 있잖아요.

불안해하지 않아도 돼요. 저는 한번 마음먹으면 결국에는 해내지요.

폴라로이드 사진기를 하나 장만할 거예요. 매일매일 사진을 찍고 제 글솜씨를 뽐낼 거예요. 손을 놓지 말라는 누나의 말은 문신에 새기도록 할게요. 잘 자요, 누나. 꿈에서 만나요.

2022.02.17.

오늘의 나는 무척 다르다. 어제보다.

저는 항상 그랬어요. 누군가 도움의 손을 뻗으면, 항상 거절하고 저만의 길을 걷고 싶었어요. 그 마음은 아직도 똑같아요.

오늘도 하늘은 파란색이랍니다. 오늘은 하늘이 무척 높아 보여요.

오늘은 임상 심리 검사를 4시간 넘게 했다. 오늘은 글을 많이 쓰는 것보다, 현재를 흘려보내고 싶은 그런 날이다.

그녀가 원한다면 뭐든지 될 수 있다. 자기파괴적인 관계는 더는 없다.

당신과의 아픈 기억을 끄집어내었어. 선생님이 말했어, 그럼 그 당시 '나'를 지켜주던 건 누구였냐고.

어떻게 하면 내가 나를 느낄 수 있을까? 음악을 만드는 수밖에 없지.

우리가 우리 스스로를 다듬어보고, 보듬어준다면 큰 문제, 해결 못

할 문제는 없을 거야.

사람한테 받은 상처는 영원히 지워지지 않을 거야. 그저 얼룩질 뿐이지. 근데 그 얼룩이 사랑이라면, 무척 뭉클할 거야.

나는 사랑을 좋아해. 누가 싫어해?

다 같이 행복을 나눠 먹었다. 행복하다.

누나의 초콜릿을 받았다. 예쁘고 고급스럽다, 누나처럼.

서울의 폐쇄 병동이 별로 없다는 걸 생각해보니 여기 있는 친구들은 어느 정도 수준 이상의 정신병이 있다는 말이라는 걸 깨달았다.

다 같이 아름다워지려면 정말 모두가 입 닫은 채로 있어야 하나요?

밤하늘에도 구름은 존재한다. 그 너머에 별과 달까지 가기 전, 대기권에서 느껴지는 공기의 향은 어떨까? 왠지 모를 공허함이 느껴진다.

2022.02.18.

병원에서 바라본 한강이 절반쯤 얼었다. 밖은 많이 추운가 보다. 내 시야에서 바라보고 있는 게 정말 다른 사람들과 같은 개념 속에서 바라보고 있는 걸까?

해주고 싶은 게 뭐야? 로맨틱한 데이트.

어쩌면 우리는 갇혀 있는 것일 수도 있다. 나 자신의 세계 속에.

우린 새로운 것에 반응한다. 그 새로운 것이 우리 무의식 속에 있던 것 중에 하나니까. 우리는 모두 무엇을 위해 태어났는지 고민하지 않는다. 사실 쓸데없는 고민이기 때문이다. 글을 써 내려간다는 표현이 좋다. 물리적으로만 들리지 않기 때문이다. 우리의 죽음은 언젠가는 잊힐 것이다. 인간은 죽음을 감당하기엔 너무 나약하다. 사랑이라기엔 흔하지 않다. 그 이상의 무언가를 하고 있다는 생각이 든다. 우린 이어진 실이 무척 단단하다.

아이처럼 활짝 웃고, 어른처럼 눈물은 꾹 참고.

아침 10시가 되면 커피를 한잔할 수 있는 여유가 있다. 그 시간이 기다려진다. 내가 나 스스로의 가치를 알아야 해. 사회생활에서 가장 중요한 거야. 수많은 경험을 바탕으로 만들어진 오늘날의 나는 꽤 세. 너희들 생각보다 강해.

제때제때 해놓았어야 했을까 아니면 그냥 이게 맞는 걸까? 거꾸로 흐르듯.

내가 얼마나 잘했길래? 내가 얼마나 잘못했길래?

오늘 누나가 듣고 싶은 말은 무엇일까요? 3시까지 정해서 목소리로 들려주어야 해요.

새로운 글을 써볼까요?
당신 없이 잠드는 것은 무척 힘든 일이라는 것. 당신 옆에서 잠들 때만큼 안전하다고 느껴질 때가 없다는 것. 이것만은 알아줘. 앞으로는 내가 당신을 지켜줄 거야. 모두가 비슷하게 느끼더라도 모두가 다른 것을 느끼고 있다는 걸 잊어서는 안 돼.

커피 한 잔 마시면서 또 글쓰기. 다시 한번 상기시키기. 이 책은 병동 생활 궁금해하는 사람들보다는 병동 안에 있는 사람들을 위해.

제일 중요한 건 내가 항상 솔직해야 한다는 것.
나는 바쁜 게 좋아. 하지만 이젠 알아. 내 Limit을.

더는 뒤엉키지 않을 거야. 난 잘 해낼 수 있을 거라 믿어 의심치 않아.

피해망상에 사로잡힌 아저씨가 나한테 어느 정도 의존한다. 난 늘 말해준다. 안타깝게도 오히려 아저씨 얘기는 아무도 하지 않는다고.

커피 마시니까 잠에서 깬다. 이게 내 정상적인 상태 같다. 현재에 집중하기 딱 좋은 상태.

어제 한 친구가 얼굴이 보라색이 될 정도로 목을 졸랐다. 나를 포함한 모든 환자는 아무 일 없다는 듯 행동하고 말해야 한다. 나는 사실 이게 좀 힘들다.

같은 방을 쓰는 16세 중딩. 그림 천재다. 저거 썩히면 안 될 것 같은데, 함부로 말하기가 두렵다.

내가 누군지 결국 알게 되는 날이 올 거야. 무대 위 나만의 요정을 위해 노래하고 있는 나 자신.

우리의 일그러진, 아깝게 흘려보낸 타인을 위한 삶, 시간은 이제 끝이야. 너만의 길을 걸어, 너의 시간이야. 가치를 매길 수 없는 네 인생이야.

인생은 매일매일 조금씩 바뀌는 것처럼 보이고, 넌 제자리걸음을 하고 있다는 생각이 들 때가 있을 거야. 그 이유는 네가 어제보다 오늘 조금만 바뀌었다고 생각하는 습관 때문일 거야. 오늘의 너는 어제의 너보다 훨씬 멋있어.

누나, 나랑 결혼해줄래? 내 모든 걸 줄게. 가진 게 아픔밖에 없어 보이지만, 이젠 누나도 알잖아. 보이는 게 다가 아니라는 걸. 영원히 내 곁에 있어 줘, My girl. 영원히 사랑할게, My love.

이젠 너와의 추억들이 애틋하지도 않고, 애석하지도 않아. 내가 말했지. 경험하지 않아도 될 것을 경험한 것 같다고. 담당의 선생님도 그렇게 말하시더라. 넌 나 때문에 힘들었겠지만, 난 그래서 나를 없애가곤 했어. 그래서 지금 병동에서 치료를 받고 있고, 잘 고쳐나가고 있어. 그리고 내 옆에는 나를 되찾게 도와주고 있는 요정이 있어. 너와 내 시간은 끝이야, 잘 가.

용감하게 너를 지울 시간이야. 있잖아, 우울증은 사랑으로 고칠 수 있다고 믿어. 너희들도 진짜 사랑을 해봐. 너를 버리지 말고, 사랑을 해봐.

우리 누나 내가 호강시켜줄 거야.
우리 누나 절대 남 부럽지 않은 남자친구를 만나게 해줄 거야.
우리 누나 절대 남 부럽지 않은 남편을 만나게 해줄 거야.

미래에 대한 걱정 따윈 없어. 지금 누나가 물리적으로 내 옆에 없다고 해서 혼자라고 생각하지 않아. 지금에 충실하고 있고.

있잖아, 나는 스물아홉에 눈을 떴어. 너희들은 뜬 눈으로 나를 보고 있긴 한 거야? 눈이 떠져 있다고, 꼭 앞을 보고 있다고 말할 수 있어? 인생이 그래. 난 내가 아직도 아홉 살짜리 꼬마인 줄 알았어. 인생이 그래. 눈 떠보니 스물아홉이야.

어쩌면 이미 죽었을지 몰라. 지금 내가 있는 이곳이 환생을 위한 공간일 수도 있어. 모르는 거야. 내가 관찰자라고 해서 모두가 그 공간을 같은 콘셉트로 이해하고 있을지. 나를 시기해도 돼, 질투해도 돼. 가진 게 없는 지금이지만, 네가 이걸 읽을 때쯤이면 질투 날만큼 내가 멋있어져 있을 거니까.

바다보다는 산을 가고 싶다던 우리 누나, 밖에 나가면 산 구경 시켜줘야지.

2022년 큰 실수를 했네. 2022년 실수가 앞으로 내 미래에 큰 터닝포인트가 될 거야. 아무것도 없이 맨땅에 헤딩할 때가 있었지. 그 시절에 비하면 지금은 아무것도 아니지. 누나를 만나러 갈 때, 그 설레는 마음을 기억해.

어디까지 싸워나가야 할 고민을 할 때, 그런 고민을 할 시간에 무언가를 계속 만들어나가.

앞으로 내 인생에 두 번째 다이아몬드는 없어. 지금 우리 누나가 나의 다이아몬드. 반짝반짝 빛이 나, 투명해.

상상을 해봐. 함께 지프차 지붕에 누워 우리가 만든 음악 Set을 틀고 하늘의 별을 세다가 우리가 서로를 얼마나 사랑하는지 이야기를 나누는 거야. 정말 황홀하지 않아?

잠시만, 병동에 있는 모든 이들에게 한마디를 하자면? 나는 "불안해하지 않아도 돼."

우리가 함께라면, 우리가 기억한다면, 우리가 잊지 않는다면, 우린 할아버지 할머니가 되어도 멋진 커플일 거야.

쓸모없던 순간은 없어요. 모든 순간을 기억하고 싶은 건, 제 아집과 욕망이죠.

스스로 깨우칠 줄 모른다면, 스스로를 파괴하고 깨닫게 되죠. 이원론적인 세계, 우리가 사는 세계.

이원론적인 세계에 살고 있다고 해서 빙글빙글 돌 필요는 없어요. 지금 머무르는 곳에서 만족하고 평안하기를.

형이상학적 굴레에 빠지게 되면, 그게 밖으로 튀어나올 때면, 미친 사람 취급받죠.

공황이 오면 목부터 조르게 되더라고요, 저는. 목뼈가 부러지는 줄 알았어요. 아무도 모르는 이야기예요.

사람이 무너져 내리면 어떻게 되는지 알아요? 가지각색이에요.

전부 다 지울 거예요.
남은 건 음악밖에 없어요.

무슨 소리일까요? 우리 모두 무드를 파악할 줄 아는 힘이 있지만, 의식적으로 이해하는 건 아닐 것 같아요.

내 공허함에, 내가 살고 있는 공허한 세상에 오신 걸 환영합니다. 무언가 모를 엄청나게 많은 것들이 있죠? 공허해서 채운 것들이랍니다.

그리움으로 남겨두고 싶었던 그대여, 잘 가. 하고픈 말이 있다면 음악으로 해. 음악 속에 가두고 다신 꺼내지 마.

누군가가 나를 증오할까 봐 겁난 적이 이번이 처음이야. 사실 나는 타인의 시선에 신경 쓰지 않는 타입이야. 하지만 끔찍이 사랑하는데, 그걸 몰라주면 많이 화가 나거나, 많이 아파져.

오늘따라 글을 쓰는 게 재미있게 느껴지네. 그래, 결국 나는 평생 글쟁이였고, 가장 잘하는 게 글 쓰는 거였고, 가장 쉬웠던 것이 글을 쓰는 것이었지. 근데, 이 글 쓰는 능력을 남발하다가 상처받은 적이 너무 많아서 이제부턴 나를 위해 글을 쓸 거야. 그게 곧 너를 위한 글임을 깨우쳤으니까.

모든 단어 사이에는 마법 같은 힘이 있어. 내가 무슨 단어를 먼저 쓰느냐에 따라 무드가 확 바뀌곤 하지.

병동에서의 마지막인 만큼 후회 없이 글을 남기고 싶어.

오늘 밤 제 침대에서 올려다보는 밤하늘엔 별이 없을 테니, 저는 상상으로라도 별들을 만들어볼 거예요.

누나와 가을 공기를 마시며 사람이 몇 없는 거리를 거닐 때, 정말 이게 꿈인지 생시인지 분간이 안 갈 때가 있었어.

겨울이 가고 봄이 오고 있어요. 제가 봄이 끝날 때쯤에는 어디에 있던 무언가는 되어 있겠죠. 매일매일 저는 성숙해지고 있어요. 그대와 함께. 진득한 사랑 시가 당신을 기다리고 있어요. 아직 제 마음 속 깊은 곳에 고사리 같은, 어린아이의 손으로 품고 있답니다. 두 눈을 감고 상상해봐요. 과거의 어느 한 장면이 스쳐 지나간다면 당신은 현재에 살고 있는 거예요. 우리 착각하지 말아요.

네가 나는 현재에 살고 있지 않다고 해서 정말 그런 줄 알고, 무척 혼란스럽고 힘겨웠어. 현재에 살고 있는 건 나였어, 네가 아니라.

이렇게 말하니까 내가 미워? 실컷 미워해도 돼. 인정할게. 나만 못한 거 아니고, 나만 잘한 건 아니야.

요정이 나를 잡고 예쁜 날개를 펼쳐 하늘 구경을 시켜주고 있어요. 나, 이제 두려움 따위는 없어.

나의 요정과 시간을 뛰어넘어 만났던 그날을 생각해봐. 약에 취해 있었어도, 그날은 잊지 못해.

혹여나 내가 꽃을 사다 주는 날엔, 당신을 유독 사랑하는 날이 아니고, 당신을 유독 덜 사랑했던 날도 아니에요.

원래 사랑, 주는 거, 되게 어려워.

날 따라와. 많은 실수를 범했고, 상처도 많이 주었겠지만, 그래도 한번 믿고 따라와봐. 모든 꿈이 현실이 될 거니까.

차가운 사람이 가장 따뜻한 사람임을 잊지 마. 춤추고 싶다. 자유롭게, 나만의 춤을 추고 싶다. 이래도 좋아, 저래도 좋아.

약 30년 동안 사랑을 찾아 헤맸던 나를 생각해봐. 결국 해낼 줄 알고 있었어. 이제부터가 진짜 시작이야.

좋은 생각, 좋은 말, 좋은 행동. 진심이라는 것은 행동으로 증명해야 해. 나는 내가 되어가고 있어. 이젠 뒤돌아보지 말고 앞으로 나아가. 사랑하는 사람을 떠나야 할 때가 가장 고통스러울 거야 아마도. 사랑이 뭔지 모르는 독자들에게 한마디 하자면 "넌 이미 사랑이 뭔지 알고 있어."

전화 공포증이 있었어. 전화가 오면 반갑지 않았어. 이젠 내 마음대로 비행 모드를 누르지. 일을 하거나, 누나와 중요한 시간을 보낼 때. 이제 곧 누나에게 전화를 걸어야 하는 시간이야.

사실 공황 장애가 온 친구를 보면 안타까움보다는 나에게 공황이 올까 봐 두려워진다. 그리고 이 감정의 끝은 미안함, 삶에 대한 회의감, 착한 사람만 이런 병에 걸리는 것 같아 세상과 사회에 대한 회의감이 든다.

공황이 올 뻔했다. 불안 장애가 오면 한곳에 꽂히는 현상이 있는 것 같다. 오늘 하루 참 길다, 씨이발. 공황 장애, 불안 장애는 아주 좆 같은 병이다. 이게 다 약 때문에 생긴 병이다. 아주 씨발 같네.

Paranoid: 이게 누구 때문에 생긴 것인지 생각해보면 그 사람의 이름이 떠오르곤 한다. 자해 충동이 꽤 심하게 든다. 이걸 평소에 참고 살았던 내가 생각난다. 어떻게 참았니. 참 대견하다.

약 먹고 조금 괜찮아졌는데, 아직 불안이 조금 남아 있다. 이유가 정말 있긴 한 걸까? 차라리 죽여달라고 애원하고 싶은 심정이다. 별

것도 아닌 이유에 죽어버리고 싶은 감정이다.

그 사람은 정말 쓰레기다. 날 이렇게까지 병신으로 만들다니, 울고 싶어 미쳐버릴 것 같은 기분. 평생 못 고칠 것 같은 병이다. 하지만 고칠 수 있어. 고쳐내야만 한다. 아, 불안해 미쳐버릴 것 같다.

미친 거야? 불안한 거야? 아니면 불편한 거야? 혼자 차가운 길거리를 거닐 때, 그 트라우마. 우리는 넘어져봐야 하는 미개한 존재들이다.

우리는 조울증이 생길 수밖에 없는 사회에 살고 있다.

아티스트란, 경험하고 만들고 공유하는 존재이지 감히 신과 인간을 연결하는 존재가 아니다. 우린 모르지. 우리가 어디로 흘러가고 있는지. 신께 몸을 맡기고 평안하게 살아나가.

내 삶의 꽃은 우리 누나야.

나는 자유로운 영혼. 겉으로는 모든 게 인과관계가 있듯이.

우주는 우리가 알 수 없는 것으로 가득 차 있다고 한다. 우리 내면의 세계는 우주가 아닐까? 인생은 회전목마 같다는 표현이 싫다. 언젠가는 멈출 테니까.

2022.02.19.

모두가 행복하기를 간절히 빌어요. 나를 포함해서 말이에요. 내 마지막 사랑, 지켜내고 말 거야.

눈앞이 또렷해. 당신의 손을 잡고 있으니까.

노는 것에 익숙하지 않아, 마피아 게임 두 번 하니까 힘들다.

우린 어디서부터 왔고, 어디로 흘러가고 있을까? 이런 고민이 들 때면 내가 나 스스로를 속이는 것만 같아.

세상에 내가 존재하지 않았다면 내가 준 긍정적 영향과 부정적 영향이 없었겠네. 뭐가 더 좋은 걸까?

존재 가치는 있다고 믿어야 해.

입버릇처럼 내가 했던 말, "실패보다는 성공을 준비하고 대비해."

내가 깨어난대도, 누가 날 불러일으킨대도, 내가 일어나는 시간은 이미 정해져 있어.

네가 눈을 뜬 채 눈을 감고 살면서 수많은 경험을 했어. 그중에는 하지 않아도 될 경험을 했겠지. 하지만 넌 모든 걸 이겨낼 준비가 되어 있어.

지금 당장에 집중해봐. 넌 무엇을 원하고 있니? 아무것도 하지 않는 네가 되고 싶어? 쉬고 싶어? 그럴 시간 없어. 넌 또다시 달릴 준비를 해야 해. 넘어뜨린 모든 걸 다시 일어나게 만들어. 넌 너 자신을 이겨낼 준비가 되어 있어. 네 인생에 쉼이란 없었지. 나도 알아. 하지만 그래도 넌 이겨낼 준비가 되어 있어. 넌 지치지 않아. 넌 오늘만 살아왔으니까.

사랑을 모두 기록해. 사랑의 노래를 부르도록 해. 그동안의 과오는 이제 그만 용서하고 네 인생을 살아. 성민이가 그랬어. 하나씩 내려놓으라고, 한 번에 모든 걸 내려놓을 필요는 없어. 차근차근 하나씩 내려놔. 우리 이제 어른 아이처럼 살아보자.

쉽게 넘어가버려. 그동안 너무 어려운 것들을 해냈어. 네가 잘하는 걸 해. 글쓰기, 연기, 듣기.
그동안의 내 인생을 돌이켜 보면 무척 대단했어. 할리우드에서 제작비 1억짜리 뮤직비디오 연출 감독도 해보고, 프랑스에서 두 달 만에 단어를 40,000개를 외운 적도 있어. 너, 마음만 먹으면 무엇이든 해낼 수 있어.

그동안의 우울했던 시간을 생각해보면 필연적으로 느껴지기도

해. 그 시절이 있기에 내가 지금 얼마나 행복한 상태인지 알 수 있잖아.

초고도 우울증을 겪어본 적이 있나요. 하염없이 울면서 유서를 써본 적이 있나요? 우울증에 약물의존증은 최악이에요. 자살을 준비하는 것도 모른 채 그저 우울 시계에 갇혀 아무것도 못 하거든요.

아직도 샤워를 못했다.

모두가 나에게 주목할 때, 어릴 땐 기분이 좋았는데, 지금은 잘 모르겠지만, 다시 그렇게 만들어야 해.

우리가 자유를 외치면 자유가 제 발로 찾아오나요? 자유는 우리가 만들어내야 해요.

먼지 속에 파묻힌 진주 같아. 누나야 얘기야. 이제 흙을 털어내고 본모습, 원래의 누나가 나올 차례야.

그 시절 우린 사실 대화가 통하지 않았던 거야. 사랑이 뭔지도 몰랐고, 우린 그게 사랑인 줄 알았어. 괜찮아, 일단 나는 충분히 행복해.

우린 깨지지 않아, 누나가 쇠로 되어 있고, 나는 흙으로 되어 있거든. 무대 위에서 노래하고 싶어. 내가 무엇을 인지할 수 있는지, 내가 얼마나 예민하고 섬세한 존재인지 아는 건 좋은 일이야. 스물다섯으로 돌아간다면 내 세상을 뒤집어엎을 거야.

얼마나 더 뛰어넘어야 할까, 나 자신을. 이제는 뛰어넘을 수 있어. 뛰어넘어야만 한다는 것을 깨달았거든.

기분 내키는 대로 살아. 여전히 넌 너야.

오랜 시간 미움을 키웠더니, 나도 몰래 키운 사랑이 보여.

사막에서 바늘 찾기랑 비슷해, 사랑을 찾는 일이란. 하지만 그 바늘은 항상 네 발밑에 있단다.

내가 사랑 얘기만 해서 공감이 안 가는 거야? 아니면 오히려 공감이 가는 거야? 우린 처음에 항상 서툴지. 괜찮아, 조금은 서툴어도 돼. 처음이잖아. 영원히 살 것처럼 지금에 충실하며 살아보자, 우리.

우리 다 함께 아름다운 세상을 만들어가 보자. 완벽하지 않아도 돼. 작은 힘이 모여 균형이라도 이루면 우린 그것으로 만족할 수 있을 거야. 어느 정도까지는.

누나야의 한마디, 한마디가 적혀 있는 책을 머릿속에서 발견했어. 우리의 힘이 어디까지일까 어디까지인지 궁금하지 않니? 이런 식으로 끊임없이 글이 나오는데, 지치지 않는 내 모습 보기 좋아.

아직도 넌 너를 감추고 있을지 몰라. 우리 함께 영혼의 나체를 공유해보자. 둘이 있어야 음악을 할 수 있어. 많이는 필요 없지만 시간을 돈으로 사야 해. 우리 사회는, 사회 안전망이 아직 무너지지 않은 상태.

자존감이 높아 보이는 이유는 자존감이 무척 낮기 때문인가? 어쨌든 사람들은 내가 자존감이 엄청 높은 사람 취급해.

우리가 지금 할 수 있는 걸 해. 지민아, 너한테는 이게 참 어려울 거야. 넌 뭐든지 해낼 수 있으니까. 우리가 스스로를 파괴하면 주위 사람들까지 파괴당해. 그러다가 지쳐서 넌 혼자가 되고 싶을 거야. 그 전에 주위 사람들이 떠난다면 넌 더더욱 스스로 자기파괴적인 성향이 될 거야. 우리는 왜 자본주의 안에 태어나 서로 빼앗고 빼앗기는 게 당연해진 걸까? 빼앗아 나눠줄 수밖에 없는 현실이 너무 안타까워.

음악이 없었더라면 우린 쉬지 못했을 거야. 우리가 우리 스스로 했던 선택들이 모여 지금의 내가 되었다고 자책을 할 때면 생각해봐. 그 선택지들은 네가 만든 게 아니야. 너무 자책하지 마. 사랑할 때 불안한 건 당연하기도 하지만, 행복을 느껴본 적이 없는 네가 행복이, 그 간지러운 감정이 불안이라고 착각하는 걸 수도 있어.

오늘은 잠시 눈이 내렸어. 누나야랑 같이 눈 맞고 싶다.

우리가 서로를 알아가는 데 필요한 건 경계를 푸는 것인데, 모두 다 풀어버릴 필요까진 없는 것 같아. 네 마음속에 가시가 있을 수도 있잖아.

꼭 사랑하고 있다고 말하지 않아도 돼. “사랑했어.”로 충분해. 너무 아름다운 말은 필요 없어. 차가운 단어들이 모여 따스한 문장 하나가 되는 게 더 좋을 거야.

내가 아팠던 상태를 이용해 먹은 놈들, 감히 나한테 말도 못 걸게 만들어줄게. 진실로 가득한 내 사랑 시, 영원할 것 같은 나의 자장가.

오늘은 누나에게 편지 쓰는 거에 집중하고 잠들래. 눈이 너무 예쁘게 내렸지.

나는 형이 약을 너무 많이 드시는 것 같다는 생각을 했다.

2022.02.20.

커다란 행복이야. 우리 누나야가 교회를 다니기 시작했어. 오늘은 별일 없이 지나가기를.

한 치 앞도 모르는 우리의 인생, 그저 즐기면 그만인 것을. '불안'이라는 악마의 감정으로 우리의 인생을 허비하고 낭비하고 있지.

어여쁜 참새 소리에 잠에서 깨어나, 오늘이 일요일이라는 걸 깨닫고, 창문을 반쯤 열어. 냉기와 함께 다시 태어나 잠들어.

우리의 관계는 우리만의 관계.

우리가 모두 같은 언어를 쓰면서 서로 다른 이야기, 다른 느낌을 품고 있다는 걸 잊지 마세요. 내가 상상을 하려 들 때면 아무것도 떠오르지 않고, 내가 아무것도 하지 않으려 하면 상상이 돼.

공황 이야기를 하다가 불안 장애가 왔다. 아무도 도와주지 않고 자기만 생각하는 눈초리들 때문에.

변하는 게 아무것도 없어도, 불평이라도 할 줄 알았으면 좋겠다.

조금 슬픈 이유가, 지금까지의 준비 과정들은 편안하게 도전적이었던 내 모습보다는 굳혀진 하나의 이미지로 살아가야 하기 때문이다.

이제 더는 덜 자란 척할 수 없지. 철든 어른인 나는 더 성숙해 보여야 하지.

아직도 밥을 먹고 있는 아저씨들, 할아버지들. 나중엔 나도 저렇게 늙겠지. 천천히 확실하게. 오늘도 하루가 가겠지. 하루하루가 지날수록 커지기만 해, 내 욕망. 누나야에게 처음 달려간 날, 그날을 잊으면 안 돼.

옥상에서 아래를 내려다본 적이 있나요? 어린 시절, 저는 그런 상상을 많이 하곤 했었죠. 뛰어내려서 죽어버리고 싶다는 생각. 생각만 했다면 다행일 텐데, 아직도 기억나요. 멜라토닌 100알을 먹은 뒤, 창문을 활짝 열고 뛰어내리려 하다가 수많은 사람의 웃는 모습을 보고서 약에 취한 채 겨우 119에 신고를 했죠.

밖에서 너를 찾을 순 없어. 네 안에서 찾으렴.

선택권이 없었어. 어린 시절엔. 있었지만 없었다고 믿었어. 이젠 알아 나에게도 선택권이 있다는 걸. 모든 것엔 이유를 붙일 수 있지만, 이유를 떼어낼 수도 있다는 사실을 명심해. 식은땀이 나네. 다들 공황이 터졌어.

지금이 전부라면 난 누나야를 택할 거야. 다시 한번 말하지만 약은 내 인생에서 OUT!

나를 다시 받아주길.
우리 이제 다시 시작하는 마음으로.
예수님이 우리의 죄를 모두 사하여 주었으니.

넌 진짜 못됐어. 넌 나의 트라우마야. 다시는 내 머릿속에 들어올 생각하지 마. 좋은 생각들로 가득 차 있어야 할 추억들이 다 타버릴 만큼 넌 나한테 상처를 주었지. 내가 정신 병동에 세 번이나 갇힌 이유를 굳이 꼽자면, 너와 함께했던 지옥 같던 시간 때문이야. 어련하겠어? 넌 그냥 날 가지고 논 거야.

난 널 차단할 때, 네 친구까지 모조리 차단했어. 네 친구가 악마인 널 더 악마로 만드는 게 보였거든. 그때는 어려서 그랬다는 핑계를 대겠다면, 아파 죽을 것 같았던 나는 뭐 어른이었니? 내가 약하기 싫다고 했잖아. 그게 벌써 2년이 지났는데, 나는 아직도 그놈의 약 때문에 내 청춘을 일그러뜨리고 있어.

자기애는 네가 개쩔어. 천사 같은 누나야를 만나서 천만다행이지. 너를 저주하고 죽으려 했거든. 1년이 지나니까 억울해 죽을 것 같아. 왜 널 만났을까? 후회는 이제 접고 다시 시작할 거야, 내 인생. 괜찮아 1시간 뒤면 누나 목소리를 들을 수 있어.

나는 아름다운 장면, 기괴한 장면 둘 다 연출할 줄 알아.

어젯밤 꿈이 기억나나요? 저는 아무 기억이 없어요.

누나의 선물은 언제나 날 감동시켜. 이런 사랑을 받아보는 게 내 소원이었는데, 이제 다시 나 누나에게 지금까지와는 다른 차원의 사랑을 보여줄게. 당신을 너무너무 사랑해. 죽을 때까지 당신과 함께하고 싶어요. 영원히 사랑해요.

당신이 아직도 내 얘기를 한다는 걸 들었어. 내가 아프지 않은 사람 같다고. 네가 의사냐? 너 만나기 전엔 덜 아팠겠지. 지금은 너 때문에 사회생활도 못 하게 됐다.

더욱더 솔직하게 더욱더 담백하게. 더욱더 담대하게.

사랑을 할 때면 꼭 다이내믹한 사건 사고가 많았죠. 고드름이 떨어질 줄 알았는데 나쁜 건 줄만 알았던, 피하고만 싶었던 차가운 바람이 고드름이 떨어지지 않게 도와주고 있어요.

오늘을 잊기란 쉽지 않은 거 같다. 그녀의 사랑이 듬뿍 전해져왔다. 누나와의 전화 한 통이 남았다. 행복해. 누나가 진솔한 편지를 건네주었다. 진솔한 편지를 읽어봐야겠다. 누나야가 너무너무 보고 싶어.

2022.02.21.

중딩이 모두에게 편지를 써줬다. 아직 읽어보진 않았지만, 그 순수함에 눈물이 왈칵 쏟아질 것 같아.

빨리 커피 마시고 싶다. 너무 졸려.

내가 만든 노래들을 누나가 아이팟에 넣어줬다. '내'가 느껴진다.

그 무엇도 누나와의 사랑을 맞바꿀 순 없지. 우울증 약도 필요 없으니까. 우리의 색은 빨간색. 오늘 밤에 누나한테 편지 한 번 더 읽어주기. 새로운 편지도 써주기.

사실 누나 말곤 그 무엇도 중요하지 않다는 걸 잊지 마. 후회 없는 삶을 살아. 난 원래 선이 없는 삶을 살았지. 내가 행복하면 그걸로 만족해. 그걸로 된 거야.

퇴원을 하고 싶은 건지. 해야만 하는 건지….

드디어 커피 마셨다. 좀 살 것 같아. 우린 모두 회개를 해야 하는 존재들이야. 우리 모두 외치는 거야. "사랑해!"

내가 나에게 편지를 썼던 날

지민아, 원래의 너는 자존감이 무척 높고, 자신감이 넘치고, 무슨 일이든 재미있게, 신나게 하는 사람이야. 지난 몇 년 동안, 쉽게 씻기지 않는 상처들을 받고, 너도 남에게 상처를 많이 줬을 거야. 괜찮아, 이제부터 잘해나가면 돼. 넌 원래의 모습으로 돌아갈 수 있고, 더 성숙한 사람이 되어 있을 거야.

포기할 수가 없어. 난 앞으로 나아갈 거야. 쉬지 않고 사랑할 거야. 모든 건 고민이 문제가 아니라, 하느냐 혹은 하지 않느냐의 차이다. 창밖에서는 폭설이 내리고 있다. 겨울이 가고 봄이 오면 누나야랑 여행을 가야지. 너와 나는 한 팀이야. 앞으로도 잘해보자.

내가 있잖아. 수없이 많은 사람을 이해하기 위해 전쟁을 치른 내가 있잖아. 자신과의 약속이 가장 지키기 어려운 약속인 만큼 더 열심히 해야 해. 이젠 폐쇄 병동에서도 편안하게 나만의 시간을 보낼 수 있어. 아침의 피로함만 없어지면 돼. 시간은 네가 생각하기 나름이야. 빨리 간다고 생각하면 빠른 거고, 느리게 간다면 느린 거야.

세상엔 어쩔 수 없는 일들이 있고, 넌 또 다른 문제에 봉착하지만, 이젠 가볍게 해결할 수 있어. 정신을 잠시 잃을 수도 있지. 원래대로 돌아온다면 아무 문제 없어. 수년간의 제자리걸음. 마치 절벽 앞에서, 한 발자국만 더 가면 죽을 수도 있는 걸 나는 몰랐고, 살고 싶은 마음에 계속 제자리걸음을 했고, 나에게는 날개가 있어 하늘을 날 수 있다는 걸 이제야 깨닫고 만 거야.

내 머리 위에 무지개가 떠 있다는 걸 알려준 건, 내가 알게 된 건, 누나야의 희생과 사랑 덕분이라는 걸 잊지 마. 우리가 향수를 느끼는 것은 존재에 대한 의문과 연관되어 있다고 하더라.

오늘 눈은 이제 그쳤어. 어릴 적에 내렸던 눈처럼 쌓이진 않아. 조금 아쉽네. 나는 어릴 때부터 눈을 좋아했어. 오늘은 누나에게 내가 나에게 쓴 편지를 읽어줄 예정이야. 그동안 나는 얼마나 아팠는지 가늠이 안 가. 사실 나의 디폴트(Default)는 아픔과 슬픔이기 때문에 아프고 슬픈 게 너무나 당연한 거야. 난 이걸 행복으로 바꾸고 싶어.

글을 쓸 때만큼은 자유를 느껴, 그 누구의 시선도 신경 쓰지 않고 글을 써 내려갈 수 있기 때문이야. 내가 당신을 사랑하는 이유는 내가 사랑받기 위해서만은 아니야. 사랑하는 내 마음이 예뻐서 그래. 사랑을 받는 것도 예쁘게 생각해. 우리의 하루는 하루하루 매우 소중해. 그렇다고 너무 막 꽉 채울 필요는 없어. 그래봤자, 그 하루를 채우는 건 너 혼자만의 힘으로 되는 게 아니거든. 이제 흘러가는 대로만 살지 말고, 흘러가는 흐름을 느끼면서 살자.

내가 여기에 와서 이렇게 나의 하루를 기록하기 시작한 이유는 참을 수 없는 어떤 욕구가 작용했기 때문이야. 2년 전 병동에서 그림을 그리던 시절과는 매우 달라. 정들었던 모두가 먼저 퇴원을 하고 있고, 나는 점점 혼자 있는 것에 익숙해지려 해. 평소에는 잘 느껴본 적 없는 감각들이 되살아나고 있어.

내 나이 스물아홉, 아름다운 사랑에 빠져 있고, 기대되는 미래가 기다리고 있고, 나는 무척 강인해지는 중이다. 열아홉 때가 그립다. 정말 너무나 그리워. 서른아홉이 되면 지금의 이 나이가 무척 그립겠지. 나이마저 인간이 만든 콘셉트에 불과해. 난 언제나 그 밖에서 살고 싶었어. 나는 사실은 그 밖에 살았지. 스물일곱이 되기 전까진 말이야.

스물일곱 전의 기억들은 거의 나지 않는다. 새로운 경험들이 무척 신기했던 감정만 남아 있다.

누나가 사 준 만년필 느낌 너무 좋아. 올해가 되기 전에 재수 없는 일들로 가득했었지만, 올해는 왠지 느낌이 좋단 말이야. 오늘은 왠지 기분이 무척 안정적이야. 조금 졸리긴 하지만 또 참을 만해. 천사 같은 우리 누나에게 전화하기 1시간 30분 전.

3시에는 내가 나에게 쓴 편지를 읽어주고, 저녁 9시에는 어제 누나한테 쓴 편지를 한 번 더 읽어줘야지.

참을 수 없어. 당신을 향한 사랑.

그 무엇도 두렵지 않아. 불안 따위 더는 느껴지지 않아. 어떻게 되든 하나님 뜻이야. 사랑이 힘든 이유는 모든 걸 보여줘야 한다는 것.

모든 걸 보여주면 잃을 게 생긴다는 점. 누나야 생일을 위해 생일 축하한다는 내용의 곡을 쓰고 싶다.

사랑하지 않고 싶은 사람들의 심정은 이해가 가지만, 그런데도 말해주고 싶다. 사랑하지 못한 인생은 쓰레기나 다름없다고, 꼭 연인과의 사랑일 필요는 없다고, 우리는 사실 모두 사랑을 하고 있다고.

어느새 시간은 2시 정각을 가리키려 한다. 2시부터 3시가 제일 시간이 느리게 간다. 정말 할 게 너무 없어. 그래도 난 글이라도 쓰지.

생존하기 위해 알아야 할 것. 우리의 삶은 우리 마음먹은 대로만 흐르지 않는다.

7년이 지나면 나는 서른여섯 누나는 마흔. 우리 이십 대처럼 살아보자. 사십 대가 삼십 대처럼 느껴지게.

3월 중순에 나갈 수 있을 것 같아요.

사실 《미움받을 용기》를 한 번 더 읽고 싶었는데, 2주 동안 해야 할 일이 생긴 것 같아 기분이 좋네요. 사실 《무신론자를 위한 종교》도 한 번 더 읽고 싶었어요.

내 인생에 마지막 쉬는 시간이라고 생각하는 제 마음이 편할 거 같아요.

중딩이 편지를 남기고 갔다. 너무 순수하고, 따스한 마음이 느껴진다. 정말 이곳에서 좋은 영향을 받고 퇴원하는 거 같아 보여서 기분이 좋다. 나도 나갈 때는 완전히 달라져서 나가야지.

우리 사랑하는 것만으로도 정말 바쁜 거 같아요. 누나가 우리 전화 내용을 옮겨 적기까지 한대요. 너무 사랑스러운 생각이에요.

누나야한테 편지를 잔뜩 쓸 거예요. 누나야가 감동할 만한 시들, 예쁜 말들을 끊임없이 쓸게요.

과거를, 미래를 생각하지 않는 법을 터득하기란 절대 쉽지 않은 일이다. 불안해도 불안하다고 할 필요가 없으며, 후회한다고 후회스러울 필요가 없다.

진정한 자유란, 생각 없이 선택할 수 있는 상태를 의미하는 게 아닐까? 사실 누군가 이렇게 말한 적이 있다. 오늘따라 이런 말이 머리에 맴돈다. 걱정하지 마라, 인생 별거 없다. 누나와 한마음이 된 것 같아요.

상상이 현실이 되었던 경험을 해본 사람과 해보지 않은 사람의 차이가 크다. 나랑 띠동갑이 내 머릿속을 들여다보지 않는다. 무척 외로워 보인다.

많은 것을 경험하고 난 뒤에 읽는 《미움받을 용기》. 나는 이 책을 읽고 어떻게 변화할 것인가?

"인간은 변할 수 있다. 세계는 단순하다. 누구나 행복해질 수 있다." 내가 현재 추구하는 철학과 매우 유사하다. 내가 겪은 인생은 내가 복잡성을 주체적으로 만들었으며, 그것은 사실 매우 단순한 세상의 이치를 깨우치기 위한 나의 아픈 모험이었다.

그렇다 나는 사실 오늘 밤 누나와의 전화 한 통을 기다리고 있고, 그것 하나가 그 기다림 하나가 날 안정시키고, 행복하게 만든다. 우린 함께 있어도, 함께이지 않아도 결국 함께다.

달리는 기차 안에서 도착지에 와 있을 사람을 기다리게 해본 적 있나요. 그 내음, 소음. 오후 6시 45분경. 오늘은 음악 들으면서 누나야한테 편지 쓰는 거에 집중.

세상에 불가능이란 없어.

난 당신을 사랑해요. 미친 듯이. 그래요. 저 미쳤어요. 어쩌라고요?
생각을 하면 할수록 우리 누나야가 최고야. 누나야를 주제로 글을 써볼까 해.

2022.02.22.

오늘 전화로 누나가 읽어준 누나의 편지가, 편지지에 담긴 누나 마음이 너무 이쁘다. 이게 꿈이 아니라는 거에 너무 감사해. 오늘은 긴 글 쓰는 것에 집중해보자.

누나한테 정말 잘해야 해. 어딜 가도 누나 같은 사람은 만날 수 없잖아.

'우리'가 원하는 세상은 무엇일까? 있기는 한 걸까? '내'가 원하는 세상도 잘 모르겠는데.

당신이 원하는 삶을 구체적으로 그려볼 수 있나요? 우리가 너무 '불가능한' 것이라는 콘셉트 안에 갇힌 건 아닐까요?

우리가 사랑할 때 자그마한 균열 밖으로 빛이 뿜어져 나오곤 하죠. 우리는 왜 살아있나요? 죽음 전에 무언가를 남기기 위해? 그럼 저는 무엇을 남기고 떠날까요? 사랑이 존재한다는 걸 남길 거예요. 우리는 왜 사랑을 할까요? 살아 있음을 느끼기 위해 하는 게 아닐까요? 사람들을 사랑하겠다는 누나의 말이 무척 반갑게 들렸어요. 피아노맨이 사람들을 위해 노래를 부르고 있어요.

우리가 함께라면 하나인 거겠죠. 그래요, 우린 하나에요.

느껴본 적이 있나요? 자기 자신을.

오늘따라 자꾸 잠이 오네요. 글이 무척 쓰고 싶은데, 잘 안 따라와 주네요. 우리가 살아가면서 느껴야 할 것들이 잘못 느껴질 때면, 앞에 '우리가'는 빼주세요. 그 무엇도 하고 싶지 않을 때가 있나요? 우울증을 의심해봐요.

하고 싶어도 피곤해서 못 하겠어요. 증량한 약 때문일까요? 빨리 누나한테 전화하고 싶어.

사랑이 당신에게 모든 걸 보여줄 거예요.

더는 당신에게 상처를 주면서 살고 싶지 않아요.

당신의 미소가, 웃음소리가, 부끄럼 소리가 자꾸 뇌에서 맴돌아요. 잠깐이면 돼요. 맹세할게요. 당신만을 사랑할 거라고. 당신을 잃어버린다 생각하면 너무너무 끔찍해.

우린 스스로 잘 다듬어야 해요. 혼자 사는 세상이 아니거든요. 돈이 행복을 살 순 없지만, 우리 기본적인 안전선은 지켜요. 누나만의 고유한 소리가 머리에 가득 울려 퍼져요.

우린 모두 각자만의 세계에 살고 있다는 걸 잊지 마. 내가 살아 움직이는 게 사실 엄청 신기한 일이라는 거야. 아아, 우리 함께라면 얼마나 좋을까요? 나 자신을 속이는 것보다는 그만두는 게 나을 때가 있다. 더는 그녀가 혼자 울게 내버려두지 마. 나한테 받은 상처가 무척 많음에도 날 이렇게까지 사랑해주는 여자야.

어제는 약 부작용 때문에 조금 고생했다. 다리가 떨리고, 엄청 초조했다. 지난번 약 부작용은 섬망증이었는데, 이번에는 섬망증은 오지 않기를. 사소한 것에 감사하니까 시간도 빨리 가는 것 같고, 불안하지 않아서 좋다.

2022.02.23.

다시 태어나도 누나를 사랑할 수 있게 되길. 잘 끝마칠 수 있는 것들부터 끝내기 시작해 졸업식 느낌이 나는 노래 한 곡.

징검다리를 건널 때, 떨어지지 않을 것을 확신하고 있어 보였나요? 나의 사랑은 끝이 없을 거예요. 누나만 생각하면 힘이 솟아나요. 새로운 시작, 새롭게 태어날 나는 성실함으로 가득한 사람.

그동안 만든 음악들은 언제 완성할 거니? 우리가 한 팀으로 되돌아갈 수 있을까? 작품들을 하나씩 끝낼 수 있는 내가 되기를.

정신 사나운 오늘. 꿈이 좀 이상해.

이곳에서는 아무것도 못 하지만, 나만의 시간을 가질 수 있다. 밖에 있을 때보다 훨씬 더 많이. 나는 한다면 해내고, 이겨낼 수 있다. 도파민 중독만 이겨내보자. 참아야 하면 참을 줄 알아야지.

오늘은 면담 시간에 무슨 이야기를 나눠야 할까? 심정이 매우 복잡하다.

불안할 때 먹는 약을 좀 먹어야 하는 건가? 정신 좀 차리자.

집중이 안 돼.

약을 먹었다. 조금씩 나아지기를. 니코틴 패치가 붙어 있는 살이 무척 간지럽다.

불안으로 가득 찬 내 인생이 없어지기를. 좋은 소식만 가득하기를.

오늘은 왜 그런지 몰라도 자꾸 지울 수 없는 기억들이 생각나 나를 괴롭힌다. 무언가가 내 안에 들어와 글을 쓰고 가는 느낌이 있었다.

내 안에 울려 퍼지는 소리, 약효가 빨리 나타나기를. 우리 안에 담긴 소리가 멜로디가 되고, 가사가 되기를. 면담 시간이 곧 찾아오기를.

우리가 우리 스스로를 찾아낼 방법은 사실 수없이 많다. 찾아내면, 공포가 휘감기 때문에 찾지 않을 뿐.

우리가 앞으로 좀 더 나아가려면 꼭 경험해야 하는 고통이 있지.

하나밖에 없는 나. 세상에 단 하나. 별빛처럼 환하게 빛을 내는 존재가 되기를. 오늘은, 누나에게 쓴 사랑 시가 참 잘 쓰인 것같이 기쁘네요.

사랑 시

사랑 시 한 편이 떠오르네.

아직 달이 차오르긴 좀 이른데, 밖은 얼마나 추울까요?

저는 알 수가 없어요.

누나와 전 얼마나 뜨거울까요? 저는 알 수가 없어요.

우리 사랑의 온도가 곧 사랑 시가 될 거예요.

담당의 선생님이랑 얘기하다가 문득 이런 연애다운 연애는 처음이라는 걸 깨달았어요. 누나는 이 감정선 안에 살고 있어요.

그대 마음속에 잠든 향기가 내일 아침 해가 뜰 때 깨면 저는 참을 수 없어요. 그대의 짙은 향기에 질식할 거예요. 조금은 무섭게 들릴지도 몰라요. 비유법이 아니라서.

빨간색, 그대의 네일아트 색. 우리 둘 다 빨간색을 참 좋아해요.

사랑은 진실을 품고 있다.

생각을 안 한다고 진실이나 진리가 변하지 않듯이, 생각을 안 한다고 내가 느꼈던 것들이 바뀌진 않아. 생각을 바꾼다고 내가 경험했던 페르소나가 없어지진 않아. 인간은 명백히 연속적 자아일 뿐이니까.

그날의 자기파괴를 기억하나요?

2022.02.24.

오늘 누나야가 병원에 온다.

커피를 한 잔 마시고, 씻고 와야지. 사랑해, 사랑해, 사랑해.
사라져버릴지도 모른다는 생각은 고통만 남기지. 사랑해버려. 용기 있게.

우린 어디서부터 왔고, 어디로 가는지에 대해 고민할 필요가 없어. 개인의 과거는 절대적 진실이 아닐뿐더러 미래에 대한 상상은 불투명한 예측일 뿐이라서.

아들러의 철학이, 심리학이 뇌에 정착되어가고 있어. 너무 좌절할 필요도, 너무 기뻐할 필요도 없어.

우리 서로를 무시하지 말고, 사랑하는 서로의 마음을 봐주자. 오늘도 조금 피로해. 한숨 푹 자고 나면 괜찮아질까?

오늘도 홀로 7시에 일어났다. 5시간가량 지나고 있는데, 도무지 피곤이 가시질 않는다. 약이 빨리 몸에 적응하면 좋겠다.

누나야랑 아침에 실컷 춤을 췄던 날이 기억이 난다. 실컷 노래를 부르며 당신과 취해 있던 시절이 있었지. 당신을 무척이나 사랑해.

같은 말을 계속 반복할 거야. 당신을 사랑한다고.

자기 자신과의 약속이 무너질 때만큼 괴로운 것도 없을 거야.

음악은 나에게 무슨 힘을 주는 걸까? 내가 쓴 곡들을 들어보면, 순서대로 들어보면 정말 많은 게 담겨 있다.

나이가 뭐 어때서, 내 나이가 뭐 어때서?

아직도 미련이 있는 과거가 있다면 음악으로 승화시켜 누그러뜨리렴.

내가 살아 있는 동안에는 사랑하고, 내가 죽음 밖으로 나아간다면 당신의 현생을 축복하리라.

사랑의 핵심은 서로를 그리워하는 것. 그리울 때 서로의 존재 가치를 서로를 위해 느끼는 시간이니까.

우리가 사랑할 때 보여주지 말아야 할 것이 과연 있었을까?

정말 영원히 사랑할 거라면 정말 영원히 살 것처럼 살아가고, 오늘 죽을 것처럼 사랑하렴. 죽은 듯이 살아가지 말아다오. 많은 사람에게 네가 겪은 일들을 공유하고, 희망을 주도록 해. 시대가 흐를수록 더 어렵고 힘든 세상이니, 부디 희망을 잃지는 말도록.

시야가 좁아질수록 큰마음을 지녀야 해. 우리의 큰마음은 큰마음의 그릇을 뜻하지. 시야가 좁아질수록 너도 모르게 너의 세상을 수축시킬지도 몰라.

정말 영원히 사랑할 게 아니라면 사랑한다는 말도 내뱉지 마.

결혼하고 싶다면 우선 네가 너 스스로를 책임질 수 있는지부터 확인해봐. 아팠던 마음을 돌이켜봐. 너 진짜 죽을 만큼 아팠고, 슬펐어. 그 아픔은 상실의 아픔이 아니라, 혼란스러움의 아픔이었어.

누군가가 너의 인생의 문제들에 해답을 주거나, 방향키를 잡아준다면 참 좋았겠지만, 인생은 사실 꽤 어려워.

네 인생은 네 거야. 네가 책임지고, 네 마음 가는 대로 하고, 네가 아파하고, 슬퍼하고, 네가 기뻐하고, 행복해하고.

어떻게 하면 사랑에 빠지는지 궁금하지 않아요? 당신이 아는 그 사랑을 하기만 하면 돼요. 우리 둘 다 사랑에 대해 배워나가는 중이지, 사랑에 대해 전부 다 안다고는 할 수 없어요.

졸리기는 졸린데, 글 쓸 때는 다시 원기 회복이 되는 걸 보아하니,

오늘은 글이 많이 나오는 하루인가 봐요.

할 수 없을 거라 미리 두려워할 필요가 없어요. 비로소 할 수 있게 되었을 때가 가장 위태롭거든요.

지금껏 우리 누나 고생만 시킨 거 같아 미안해요. 사랑해요.

그동안 했던 사랑은 사실 동경, 동정, 존경에 가까웠어. 실제 사랑은, 사랑하기 때문에 사랑하는 거더라고.

사랑이라고 놀림 받아도 좋아. 오글거린다고 우리 대화를 피해도 좋아. 사랑해.

사랑할 때가 되었나 봐요. 살아갈 때가 되었나 봐요. 진짜 내가 원했던 '나'를 보여줄게요. 대인 관계가 두려운 나머지 사랑의 말을 내뱉을 수 없다면, 넌 살아 있는 게 아니야.

이번 병동에는 정말 유독 기독교인들이 많다. 깨지 않는 꿈을 꾸고 싶어.

잠에서 깨어나 계속 졸리다며 투정 부리는 나보다는 닥치고 글을 쓰니 훨씬 낫죠. 2시간 뒤면 누나에게 또 전화할 시간이야.

다시 한번 사랑해.

'오늘의 나'보다는, '지금의 나'이다.

지금의 나는 편안한 마음으로 계속해서 글을 쓰고 있다. 한 번도 아니고, 두 번도 아니고, 영원히.

우리의 젊음은 황금색 재가 되어 곁에 남으리라.

사랑을 듬뿍 담아 천사 같은 우리 누나를 무한히 채워주는 존재가 되고 싶다.

아프지 않은 사랑은 없어. 아프지 않다면 그건 사랑이 아니야. 자존심이 상해서, 잃을까 봐 두려워서, 이 둘 다 꽤 아픈 감정이지.

병동에 또래 친구들이 많이 퇴원했다. 그렇다고 글이 많이 나오는 것도 아니다. 그동안 하고 싶었던 말이 참으로 많았나 보다.
내가 '나'와 대화를 하다 보면 누가 진짜 나인지 구분이 안 될뿐더러, 타인의 말을 듣기 어려워진다. 그 대화는 책을 쓸 때까지만 하는 것으로 하고, 나머지 시간에는 타인의 말을 듣는 것에 집중하자.

내일은 금요일이다. 25일 금요일. 다음 주 월요일이면 벌써 3월이다.

1월 31일에 이 폐쇄 정신 병동에 들어왔다. 한 달하고 반이 되기 전에 퇴원하면 좋겠다.

인정받고자 하는 욕구는 자유로운 상태가 되는 것으로부터 방해한다고 한다. 나는 인정받고 싶어 하는 욕구가 엄청 많다. 춤추듯 살아라, 지민아.

'자유'에 대한 말 중 가장 기억에 남는 말은, '선택에 대한 고민 없이 선택할 수 있는 상태'라는 것이다. 누가 이 책에 대해 《안네의 일기》 같다고 표현했는데, 무척 웃겼다.

여럿이 모여 하나가 되기 위해서는 서로에 대한 충분한 정보다. 각각 있어서 공포감을 없애는 게 최우선이다.

옆자리 치매 할아버지가 끊임없이 누군가와 대화하고 있다. 무척 리얼해서 소름 끼친다.

하나씩 해내다 보면 내가 바라왔던 내 모습이 되어 있겠지? 우리 모두 각자만의 세계에 살고 있어.

약을 끊으러 왔지요. 메디키넷, 자낙스를 끊으러 왔지요. 이번에는 내 삶을 위해, 누나의 삶을 위해 꼭 끊을 거예요.

누군가 저를 위해 살고 있다면, 공감받기를 가장 원할 거예요. 그 누구처럼.

우린 모두 이어져 있어요. 신기해할 일은 아니에요. 이어져 있지 않으면 더는 한 우주 속에 살고 있지 않은 거거든요.

병원에서 발작은 오지를 않아요. 무언가 엄청 안정적인가 봐요. 부디 밖에 나가서도 똑같기를. 우린 잘 싸우지 않아요. 일부러 싸울 필요까진 없잖아요.

너무 복잡하게 설명하지 마. 상대방에게 필요한 정보만 주면 돼.

하란 대로만 하라는 건 또 싫어서, 그래서 그 시절 많은 것들을 포기했지. 내 모습부터 잘 가꾸고 호감을 살만한 것들이 뭔지 알잖아. 내가 나를 잘 꾸미면 많은 사람이 나에 대한 안정을 되찾을 거야.

나는 왜 그날 아무것도 하지 못했나. 후회해봤자 아팠다는 변명 말고는 할 수 있는 말이 없어.

우리가 힘을 합친다면 무서울 게 하나도 없는데.

불안해하지 마. 혼자 힘으로도, 아니면 다시 시작해도 넌 해낼 수 있어. 오히려 더 잘할 거야.

조급해하지 마. 다 때가 있는 거고 점점 익숙해지다 보면 큰일을 하고 있을 거야. 안정적으로, 1년이 넘게.

현재 시각 1시 50분, 잠에서 깨어났다. 부작용이 점점 내려가나 봐.

내가 할 줄 모르는데, 반드시 해야 하는 게 있다면, 잘하는 사람에게 맡겨.

네가 불안하거나 초조해한다면 타인의 목소리가 잘 들리지 않을 거야. 그들이 뭐가 필요한지 알아낼 필요가 있고, 넌 착각을 하면 안 돼.

하나라도 남은 거 가장 중요한 게 남았다는 것으로 난 감사해. 앞으로 나아갈 힘, 넘어져도 일어날 힘이 있잖아.

내가 얼마나 크게 넘어졌는지 상관없어. 일어날 수만 있다면. 노력은 절대 배신하지 않더라. 고래와 같은 사랑으로 우리가 덮쳐지기를, 삼켜지기를. 머리에 모든 게 그려지고 그 점선을 따라 하나씩 완성해나가.

우리는 '향수'의 색 중에 가장 높은 사랑의 색, 연분홍과 연보라.

'나'라는 사람은 어디든 존재할 수 있는 거야. 그 길을, 네가 원하는 그 길을 따라가. 자유의지에 관한 이야기가 아니야. 사랑에 관한 이야기야.

우리는 왜 이렇게 어렵게 살아왔을까요? 이제부터는 우리 함께 이겨나갈 수 있지? 인간은 변할 수 있어. 또 하루아침에. 너라면 어떻게 했을 거 같아?
폐쇄 정신 병동에는 그런 사람들이 많아. 자기는 여기 갇힐 정도로 아프지 않다고, 애꿎은 간호사들에게 컴플레인 거는 사람들. 여기에 익숙한 우리는 속으로 생각하지, 아프니까, 더 아프니까 저렇게 인정을 못 하는구나.

내가 아프다는 걸 객관적으로 바라볼 줄 알아야 해. 그게 빨리 퇴원할 수 있는 길이거나, 정상적으로 퇴원할 수 있는 길인 것 같거든.

오늘은 누나야가 오기로 한 날이다. 누나야한테 편지 4통을 썼다. 부디 마음에 들기를.

우리가 함께 살아간다면 내 모든 걸 그대에게 드리리다. 우리가 함께 죽어가더라도 내 모든 걸 그대에게 드리리라.

폐쇄 정신 병동 안에 있는 사람의 말이 어떻게 들리나요? 제 사랑이 느껴지시나요? 우리의 사랑이 느껴지시나요?

우리는 서로 소유하려 들지 않아요. 따라서 소유 양태의 비극은 없어요. 우린 그저 실로, 아주 튼튼한 실로 엮여 있을 뿐이랍니다.

우리의 의식이 또렷하다면, 우리의 무의식의 의식화가 모두 이뤄지고 난 다음이라면, 우린 모두 성숙해진 상태이겠죠? 우리가 같은 세상에서 살아갈 수도 있다는 걸 잊지 말아요.

결국, 우리가 원하는 건 분리된 하나의 객체로서, 서로를 사랑하는 것입니다. 하지만 우리는 하나의 점에서부터 시작되었다는 것을 잊지 마세요.

우리가 모두 깨어나길, 한 사람도 빠짐없이 진정으로 한순간만이라도 행복하기를.

내가 이 사람에게 무엇을 해드릴 수가 있을까요? 눈 부신 태양 아래, 차디찬 겨울바람을 맞는 것을 상상해 보면, 우린 이 세상의 진리를 잠깐이라도 훔쳐볼 수 있지 않을까요?

내 왼팔에는 고린도전서 13장에 대한 타투가 있어요. 읽어도 읽어도 다시 읽어야 하는 구절들입니다.

행복해질 용기가 준비되어 있나요? 다시 한번 더, 일어날 힘이 다시 생겼다는 것은 기적과도 같은 일이에요. 나쁜 일이 생기면, 내가 나쁘다고 인지하는 거죠. 절대적으로 나쁜 건 없다는 세상의 이치와 진리를, 그 지독한 진실을 받아들여야 해요. 옛말에 "천 리 길도 한 걸음부터."라는 말이 있는 것도 다 이유가 있어서 그런 거예요.

나도 여기 갇힐 때마다 그런 적이 있었지. 난 여기 올 사람이 아니라고, 근데 결국 세 번이나 왔어.

지난 페이지들을 하나씩 읽는 날이 오겠지. 나의 변화를 느낄 수 있을 거야. 불안 사이로 나오는 글들과 가사들이 우리에게 더는 남아 있지 않기를. 내 모든 페르소나와 자아가 그녀를 사랑하기를.

저녁노을이 장식하는 우리의 하루는 무척 아름답네요.

2022.02.25.

마법 같은 하루 보내기.

천국은 그리 멀리 있지 않은 곳에 있어. 지금, 여기, 당장 천국을 느껴봐. 용기가 있다면 할 수 있어. 자연 앞에 초라한 우리. 거대함 속에 묻은 아름다움. 자연을 봐, 우린 아무것도 아닌 존재야.

우리가 물음표를 던졌기 때문에 세상이 이렇게 복잡해 보이는 거야. 있는 그대로를 바라보고, 있는 그대로를 받아들여. 시간은 그 누구도 기다려주지 않아. 조금만 더 버티면 고지가 보여. 2주일만 기다려, 멋지게 나갈 테니까.

재작년에 읽었던 《미움받을 용기》가 이렇게 다르게 보인다.

조금 피곤한 나는 이제 곧 낮잠을 자야 할 것 같아.

나를 좀 이해해줘. 나를 좀 공감해줘. 내가 아무 소리도 내지 않을 때 내가 속으로 얼마나 큰소리로 외치고 있는지 헤아려줘.

내 고유의 소리가 당신 머릿속에 퍼지기를. 우리가 낀 반지는 아직 투명해서 보이지 않아요.

일곱 번 외쳐도, 칠백 번을 외쳐도 듣지 않는 사람에겐 핸드폰 무음이지 뭐. 알 만한 사람들은 알 거야. 지금 나의 포효를.

우리가 우리의 동심을 파괴하지 않기를 바라.

우울증은 내 병들의 근원지. 이젠 우울할 틈이 없지. 내가 그렇게 만들었어. 우울감이 나를 지배하지 못하게 말이야.

겨울 바다를 무척 싫어하게 됐어. 특히 겨울 밤바다.

만병의 근원은 스트레스.

나를 따라 해봐. 가슴 속의 불행이 많이 사라질 테니.

나는 그 사람마저 이해했기에 미칠 수밖에 없었어. 내 아픔에 대해 왈가왈부하지 마.

마지막이라 생각하면 정말 원했던 게 떠오르곤 해. 오늘이 너의 마지막 날이라고 생각해봐 불안 없이. 그런 날이 있어요. 아무 이유 없이 당신이 무척 그리운 날. 보고 있어도 그리운 날.

시간이 또 흐르지 않는다. 오늘 세 시, 깜짝 전화 선물을 빨리하고 싶다.

중딩이 알려준 재밌는 2행시

그: 그지야.

네: 네.

중딩이 알려준 웃긴 거 2탄

검은색과 하얀색 사이에 있는 색의 이름은?

"그레이색이야(그래 이 새끼야)."

우리는 헤엄치고 있어. 거대한 산과 같은 파도가 우리 앞에 놓여 있어. 저 파도는 나를 산산조각 낼까? 우리의 인생은 대체 뭘까? 알다가도 모르겠는 게 인생이래.

우리는 나아갈수록 아파져요. 우리는 아파할수록 나아져요. 인생이 원래 그래요. 아파야 성장하고, 성장해야 덜 아파요.

무료한 시간이 될 수도 있었는데, 저 이렇게 글로 그림을 그려요.

우린 모두 어디에 존재할까요? 내 시야 속 세상? 다른 사람들로 사건의 인지는 하지만, 각자만의 방식으로 해석해요.

다들 어린 시절이 있겠죠. 지금을 견디게 해주는 기억, 내일을 꿈꾸게 해주는 기억, 기억이 나질 않는 기억, 기억하기 싫은 기억. 지금 당신은 어떤 기억을 떠올리고 있을까요?

춤을 출 때든지 노래를 할 때든지 감정을 싣고, 그 감정을 제어할 줄 알아야 해요.

한층 더 성숙한 시선으로 병동을 바라볼 수 있게 됐어요. 누군가는 자신의 아픔을 알아주길 원하고, 누군가는 열심히 괜찮은 척하면서 힌트만 주시네요. 이 상태로도 충분히 많은 일을 처리할 수 있어요. 약은 끊어요.

저보다 아픈 사람들이 너무 많아요. 그래도 저는 제가 제일 아파요. 적어도 오늘부턴 그렇게 생각하기로 했어요.

날을 세울 때, 나를 향해 세우면서 거짓말한 적 있나요? 저는 이제껏 거짓말로 살았어요. 아마도 전 저의 Pain Tolerance가 어디까지인지 시험해보고 싶었나 봐요. 이젠 알아요. 누나 없이는 좀 많이 힘든 인생을 살 거란 것을.

내 삶의 목적? 이유? 이런 건 더는 묻지 않으려고요. 저는 태어났고, 지금 이 순간에 있어요. 존재하고 있어요.

사람들이 저한테 묻겠죠. 어떻게 한 거냐고, 그럼 전 대답할 거예요. 모른다고.

수많은 일들이 저를 여기까지 몰고 왔어요. 절대 한가지는 아니라는 걸 기억하세요. 아픔을 주고, 받고 사는 우리의 모습을 봐요. 더 아름다워질 순 없나요? 저의 죽음이 세상을 바꿀 순 없겠죠. 저의 세상이 세상을 바꿀 거예요.

사람들 간의 공통분모를 찾아봐요. 사람들을 위로해주고 싶다면. 한두 사람으론 세상을 바꿀 순 없어요. 한 사람이 시작해야 해요.

이 세상의 끝은 없어요. 내 세상의 끝만 존재할 뿐.

잊히지 않으려고 발버둥 치는 사람들을 위해, 아름다운 말들을 많이 남기려 노력할게요.

우리 세상에서 다음 세대의 세상은 동떨어진 세상.

MZ 세대가 아파할 때, X 세대는 대체 뭘 했나요? 우리의 경쟁은 당신들보다 훨씬 빡세다고요.

우리의 용기는 무언가를 느끼기 위해 남겨두어야 해요. 우린 다시는 아프지 않도록 해야 해요.

진짜 우정은 존재할까?

완전히 다른 나를 보여줘야 해. 끔찍하게 아끼던 걸 뿌리치고, 새로운 태양을 향해 전진하라.

세상이 아프면 덩달아 아파지던 날.
난 세상을 더 아프게 하고 있었네.

울고 싶고, 묻고 싶고, 이 모든 게 무너져 내려도 나 다시 일어설 수 있어.

어쩔 수 없음에 홀로 울고 있던 날 가만히 안아주던 누나.

희망 뒤에 가려진 절망. 둘은 뗄 수 없는 관계. 내가 어딜 쳐다보느냐가 중요하다.

아무것도 쳐다보지 않는 것보다는 둘 중 하나라도 쳐다보는 게 낫지.

아무도 쳐다봐주지 않는 것도, 아무에게도 인정받지 못하는 것도 다 괜찮아. 나 원래 혼자이고, 누군가와 함께이니까.

조금은 부담으로 다가와.

이제부터 너는 혼자면서도 함께야.

언제 엎어질지 모르지 매번 일어날 건 알고 있네.

한 번 쓰러진 것으로 족해, 이제 두 번 떨어지지만 않으면 괜찮아.

문제의 근원은 태초부터 있었고, 아무 일 없다는 듯이 행동하면 모든 게 다 괜찮은 것처럼 보일 거야.

그녀는 알고 있어. 무의식 중에.

약속했잖아. 그럼 중요한 것들부터 지켜나가.

사랑받는 게 많이 서툴지…

한 참 남았어. 더 성숙해져야 해.

자해, 자살 충동이 저 사람들만큼 들지 않아서 천만다행이야.

도구들만 있으면 무엇이든 만들 수 있어.

정상적으로 작동하는 횟수를 늘려 봐.

잠깐 놀란 것뿐이야. 약 먹었고, 다시 정상이 되어 있을 거야.

커다란 풍선 안에 갇힌 기분이야.
터지면 어떤 데미지가 있는지 몰라.

정신 바짝 차려 다시 거기까지 끌어올릴 수 있어.

우린 개미들처럼 한 차원 이상의 것을 보고 만지고는 못 하지만 느낄 수 있어.

내 등을 타고 흐르는 중력.

누가 뭐래도 내 갈 길을 간다면 상관없지.

기억이 우리를 괴롭히는 이유는 '왜곡' 때문이다.

우리가 우리 스스로를 다듬을 줄 안다면 우리가 우리의 운명을 만드는 기분일까?

늘 똑같은 일이 반복되는 것 같이 보일 수도 있겠지만 까놓고 보면 그럴 수 없다는 것, 그렇지 않다.

우리를 방해하는 것은 일시적 제자리걸음들이다. 앞으로 나아가기가 무서운데, 한 발자국 나가기가 안 되는데 어떻게 발전할 수 있을까?

진득한 감정 속에 푹 빠져 있기를.

어떤 것들은 이미 결정되어 있다는 걸 잊지 마세요.

한 번만이라도 나를 '나'로 받아들여줘.

지금의 내가 미래의 당신을 혼란 시킨다면 당신은 당신 스스로를 볼 줄 모르는 거예요.
당신에게 수치심을 주기보단 죽음이 낫겠죠.

영원히 사랑하는 사람들처럼 말하고 행동하세요.
그저 정말 영원을 만들지 어떻게 알아요?

내가 사랑하는 그녀는, 그녀에게는 모든 걸 바칠 준비가 감히 되어 있다고, 말하고 싶어요. 내 감정, 내 시간, 내가 가진 모든 걸 주어야 해요.

전쟁이 내 가슴을 찢어지게 아프게 한다. 우리도 똑같은 상황에 충분히 놓일 수 있는 거 아닌가?

2022.02.26.

오늘은 글이 과연 많이 나올까요?

오늘 아침에 누나랑 전화를 길게 했다. 누나야 보고 싶다.

이틀 지나면 여기서 한 달째 되는 날이다.
부디 부작용 없이 잘 지나가기를.

내가 원했던 건 이런 게 아닌데, 계속 이런 상태가 될 것 같다.

그 자식이랑은 이제 끝이다. 내 속을 뒤집어 놓고, 쓸데없이 눈물을 쏟게 한 그 자식과는 이제 끝이다.

이제는 내가 나설 때이다. 진짜 '내'가 어디까지 갈 수 있는지 보여주고 만다.

그냥 내가 하고 싶은 말들을 아무렇게나 하면 누군가는 상처받을까 봐 겁이 났었다. 이젠 많이 나아졌다.

과연 꼭 약물 때문에 내 생태가 이렇게 됐는지 곰곰이 생각해보면 그건 아니다. 많이 좋아진 지금, 집중력도 상당히 높은 수준이다. 이젠 막바지다. 곧 있으면 퇴원 날짜에 관한 이야기가 나오기 시작하겠지. 이번에도 참 오래 있었다.

참된 사랑을 하고 있나요? 오늘도 하루가 가겠죠? 앞에 있는 60세 아저씨는 성경책을 읽고 있고, 옆에 있는 치매 할아버지는 저에게 두유를 줬어요. 고소하네요.

누구나 다시 시작할 수 있는 권리가, 자격이 있어요.

다시 한번만 더 해보자. 마지막이라 생각하고.

내가 있을 거라 생각해? 없어진 기억은 있어도 잊히진 않았기에, 몸이 기억해.

사라져 없어지거든, 되찾는 방법을 숨겨두었다.

되돌릴 수 없는 게 많다. 되돌려 줘 내가 지키고자 했던 것들을….

오늘 해야 할 일을 내일로 미루지 마. 오늘 생각해야 할 일을 내일로 미루지 마.

오늘은 기분 상태가 묘하게 안정적인데, 손가락에 힘이 없다.

사람들은 다들 느리다. 나 혼자만 빠른 기분.

내가 아는 한 정말 중요한 것은 사랑이다. 내적 갈등의 상황에서 올바른 선택도 사랑의 기반이다.

"사랑은 모든 것을 초월한다." 니체가 그랬던가.

우리의 첫 입맞춤은 언제였을까요?

기억나나요? 처음 그대와 가던 곳, 그 장소, 그리워요.

우리가 거닐던 거리에서 우리의 이름을 새겨놓았죠.

사랑한다는 말로 밤 자리를 메꾸며 잠들고 있어요.

그대와 함께 나누었던 추억을 되돌아보면 너무 예쁜 거 있죠?

저 이제 세상을 긍정적으로 볼 거예요.

진정한 사랑은 매우 성숙하다.

죽음이 두렵지 않을 정도로 슬픔 속에 갇혀 있었고, 툭하면 울었던 나.

죽어가던 나를 여기까지 일으켜줬던 건 누나야뿐이야.

기분이 울적한 하루다.

이유는 알 수가 없다.

나는 오늘 무척 울적하다. 이유가 뭘까?

누나에게 편지를 한 장 더 써야 하나?

2022.02.27.

내 존재에 대한 궁금증이 생긴다면 말해줘. 실컷 떠들어 줄 테니까.

기억이 잘 나지 않는다. 여기 들어오기 전날.

아무리 생각을 해봐도 내가 누나한테 큰 상처를 주었고, 누나는 그걸 눈감아주고 앞으로 나아가고 있다.

흥겹게 살아가면 돼, 너무 진지할 필요 없어.

다시는 그러지 않겠다고 약속해. 다시는 약에 손대지 않겠다고, 혼자인 걸 두려워하지 마.

다시는 괴로워할 상황을 만들지 마.

다시 다쳐보니까 너무 아픈 거 있지, 밖에 나가면 엄청난 결심이 나를 지키고, 앞으로 나아가게 해줄 거야.

인정받기 위해 안간힘을 썼다면 다른 길로 빠졌겠지. 나는 그저 내 감정이 표현되는 것에만 집중했어.

감정이 글이라는 포맷에 감춰지고, 축약되는 게 싫어.

긴 글을 써야 한다는 압박에서 벗어나, 짧은 글이 더 가치 있을 수 있다는 걸 알아두자.

선입견을 두고, 날 바라보는 이가 있었어.
한 번은 눈감아 줄 수 있지만 두 번은 안 돼.
날 알지도 못하면서 당신 입에 내 이름 석 자 꺼내지 마.

나랑 비슷한 처지에 있는 사람은 본 적이 없어. 외로운 이들은 나를 찾곤 해. 내가 외로움을 이겨낼 줄 알거든.

글쎄 그걸 그렇게 쉽게 이겨낸 사람이 흔할까? 나도 그중 하나야. 이겨내지 못한 사람 중 하나.

사람들의 시선으로부터 압박이 느껴지지 않니? 그런 넌 자유로운 거야.

똑바로 앞을 보고 걸어. 우린 아직 멀쩡한 두 눈과 두 다리가 있어. 물리적, 생물학적인 말은 아냐. 현상을 보지 않고, 결과들만 탐구한다면 현상의 원인은 찾아내기가 참 어려울 거야.

싫은 사람이 좋은 사람이 될 수도 있어. 소통을 하다 보면 좀 나아져. 인생이 원래 그래 좀 까다로워. 까다로운 인생 속에 쉬운 걸 찾아 헤매면 당연히 어렵고, 문제는 해결이 안 돼. 까다로움 속에서 쉽게 표현되는 방정식을 찾아.

쉬운 게 없어 인생은. 포기하지만 않으면 돼. 엄청 복잡하게 느껴질 수 있어. 복잡한 게 맞거든. 그대로 풀어나가 너만의 문제는.

우리가 우리인 이유는 과거 때문이 아니라 현재 우리가 택한 상태여서일 거야. 우리가 행복을 느끼는 순간에 이게 행복인지 비가역적 결과를 도출하는 쾌락인지 잘 구분해. 내가 여기까지 왔던 이유는 살고 싶은 욕구에서 출발했고, 죽음에 대해 고찰하면서 살았기 때문이야.

사회생활 천재들아, 내 말을 공격해봐.

병동에서 혼자 글을 쓰는 게 익숙해졌다. 아무 소리도 들리지 않을 때 집중력이 꽤 대단해.

감성적인 글만 글은 아니야. 때로는 딱딱한 에세이도 감정이 섞여 있지.

아직 내 목소리가 조용한 이유는 내 목소리를 들려주지 않아서야. 내 목소리가 너희들 머리에 울려 퍼질 날에는 내가 미소 짓고 있겠지.

탈도 많고, 문제도 많은 내 인생. 결국, 이곳에서 나가는 날 내 기분은 무척 안정적일 거야.

아프니까 웬 청춘? 이 세대에 아픔을 헤아리는 척하는 이들을 보면, 그런 다른 세대를 보면 화가 나.

한 번 더 내 앞길을 가로막는 게 나타나면 난 성질을 부릴 거야. 적당히 말로 하면 되는데, 난 원래 말하기 싫어하는 타입이야.

사람들은 내가 그냥 밝은 사람인 줄 알지. 밝게 빛날 사람이야, 왜 그래?

정신 좀 똑바로 차리고, 결정을 하나씩 해나가.

우리에게도 힘이 있다면 자기 자신을 위해 싸워야 하는 힘은 반드시 비축해놔.

우린 이겨낼 수 있어 다음은 없어. 지금 당장 이겨내.

아무도 없는 곳에 놓인 말. 달릴 힘과 다리 네 개는 멀쩡한데, 주인이 없어진 말.

우린 왜 더 좋은 사람이 되는 것보다 더 좋은 걸 가진 사람이 되고 싶어 하는가?

난 둘 다 가지고 싶어. 더 좋은 사람인데, 더 좋은 걸 가진 사람.

한 번쯤 고개 푹 숙여 한숨 한번 거하게 내쉬고, 고개를 빳빳이 들어. 사람들을 쳐다보는 눈.

아까보다 나은 지금. 우리는 항상 더 먼 미래나 더 먼 과거에 집착해. 사실 아까보다 낫기만 해도 되는 건데, 그런 표현은 잘 안 쓰지.

결과, 즉 현재에 대한 원인이 과거에 있다고 생각하는 건 우리가, 내가 말했던 오류.

근데 왜 우리는 과거에 집착하게 되는 걸까?

존재에 대한 의문 때문이지. 그렇다면 존재에 대한 이유는 한 가지도 없고, 수백 개일 수도 있으니, 그냥 존재하니까 존재하는 걸로 규정해도 될까요?

내가 피아노 앞에 선 이유는 터질 것 같은 내 심정을 조금이나마 해소하기 위함이었다. 또, 모르지. 인정받고자 하는 욕구일지. 아무도 모르게 난 그 순간들을 느끼며 최선을 다했어.

누군가를 위한다는 건 거짓말일 수도 있어. 거짓일 수도 있는데, 사람들은 키워드에 속아 넘어가지. 단 한 번이라도 거짓이 아닐 순 없는 걸까? 내 머리에 든 상식선에서는 불가능하다.

하얀색 종이를 보면 채우고 싶은 욕구가 강하게 든다. 30분 뒤 전화 시간이다. 오늘 온종일 기다렸던 시간. 누군가와 대화를 나누는 것만큼, 기쁜 일도 없을뿐더러 상대가 내가 사랑하고 애정하는 존재라면 두말할 것도 없이 기쁘다.

글을 쓸 때 순간적으로 엄청난 집중력이 발휘됨을 느낀다.

세상에는 억울한 사람들도 참 많을 거다. 그런데도 견디어내고 스스로는 속이지 않는 자는 끝내 축복이 있나니.

'우리는 무엇을 위해 사는가?'에 대한 대답은 집어치우고 지금 가지고 있는 시간과 네 육신으로 최선을 다하자.

사랑을 위해 무엇을 바칠 수 있나요? '시간'을 바쳐야 한다는 건 모두가 아는 사실일 거예요.

당신의 어디가 그렇게 좋을까요? 제가 당신에게 주고 싶은 건 사랑의 힘이에요. 소녀 같은 당신을 사랑할게요. 당신이 마음속에 품고 있는 것과 세상의 것은 비교할 수 없지만 그래도 당신을 갖고 싶다고 말할래요. 당신의 따스한 마음이 전해지니까요. 제 맘속에 품은 것들과 세상의 것은 비교할 수 없지만, 제 모든 걸 다 줄게요. 사랑해요. 사랑이 제 삶의 원동력이에요.

밤하늘의 별이 단 하나라면 그것은 분명 제 별일 거예요. 누나만을 위한 별. 어둠이 드리울 때, 나타나는 누나의 시야를 밝혀주는 그런 별.

누군가 “나는 누구인가?”라는 질문을 스스로에게 한다면, 제가 대신 답해드릴게요. “당신은 누군가를 사랑하고 누군가에게 사랑받는 존재입니다.”

참으로 긴 시간 동안 저는 고통과 혼란 속에 있었답니다. 사랑은 하고 싶은데, 사랑할 만큼 사랑스러웠던 사랑이 없었죠.

겪지 않아도 될 일들을 겪었다는 선생님의 말씀에 동감했습니다. 이미 지난 과거라 미련은 없지만, 지금 제가 아픈 상태인 건 그 경험들이 빠질 순 없겠죠.

하루하루 지나가다 보면 인생이 참 길게 느껴질 때도, 짧게 느껴질 때도 있어요. 그냥 상황에 따라 달리 느끼는 건가 봐요.

기지개를 활짝 켜고 서로에게 눈인사를 해봐요. 몰랐던 사람 말고 아는, 누구보다 잘 아는 사람에게.

아파서 아무것도 못 했던 내게 당신은 너무 했죠. 밉지는 않아요, 솔직히. 근데 너무하긴 했어요. 아픈 척하지 말아요.

저는 오늘을 사는 게 아니라 지금 여기 이곳에 살아 있어요. 현재에 집중하다 보면 인간이 만든 일종의 콘셉트인 시간이 많이 지나가 있죠.

한계에 도전해봐요. 한계는 어느새 기본이 되어 있을 거고, 당신은 또 다른 한계를 향해 전진하고 있을 거예요.

누나가 교회에 또 갔어요. 저에게 찬송을 부르다 보면 눈물이 난다고 했어요. 무언가 이해할 수 없는 게 느껴지나 봐요, 사랑을. 우린 우리 자신을 사랑해야 해요. 물론 주님이 먼저죠. 우리 스스로 사랑하기 힘들면 내려놓으세요. 그리고 언젠가는 나를 사랑할 수 있는 사람이 될 거라고 그냥 눈 한 번 딱 감고 생각은 접으세요.

누나야를 위한 인형을 사 줘야겠어요.

지워버렸어요. 차갑고 냉정하게. 이제 당신은 제 세상에 없어요. 지우고 나니까 마음이 편안해요. 상처도 아물기 시작한 것 같아요.

우리 누나와 나는 축복 받을 거예요.

무릎을 꿇고 생각해보고 있어요. 당신과의 앞날을. 속이 편안해요. 이러다 오늘 하루도 가겠죠. 잠들 시간이 찾아오겠죠.

오후 4시에요. 가장 시간이 더디게 가요. 하는 것도 없고, 애매하게 저녁밥 시간은 5시 30분이라서.

누나야가 없던 1주일 동안 흘렸던 눈물은 1~2L 정도 되지 않을까요?

여기 오는 실습생들은 수능 문제를 10개 이상 틀린 사람이 없는 또라이들뿐인 거 같아요.

저더러 감정이 너무 많다고 뭐라 했던 사람들은 몰라요. 제가 감정 없으면 시체거든요. 그래서 많은 사람이 오해하죠. 저는 어떻게 살고 싶은지가 정해져 있어요. 이젠 실현만 하면 돼요.

하늘이 타임랩스처럼 휘리릭 변하면 얼마나 좋을까요? 저는 하늘만 바라볼 만큼의 마음의 여유가 없나 봐요. 귀가 뜨거워져요. 수치스러운 것 같아요.

제가 저를 속이고 있었어요. 아무래도 이젠 그만할 차례인데. 내가 누굴 위해서 이러고 있는 게 아니라, 저를 위해서 훈련을 하고 있어요. 이곳에서의 생활. 무료하지만 할 일을 찾는 것, 답답하지만 긍정적으로 생각하려는 노력.

아무쪼록 여러분 모두 행복하길 빌어요. 모두가 행복해야 저도 덩달아 행복해져요.

오늘은 어떤 날로 마무리가 될까요? 조금 심심하네요. 떨지 마요. 그냥 당신 내키는 대로 해요. 아무 문제 없어요. 이렇게 갇혀 살았어요. 저도 모르게.

철이 좀 들어야 해요. 모두를 신경 써주며 앞으로 나아가기를.

공황 장애, 불안 장애, 조울증으로 인해 산산이 조각난 제 인간관계를 회복하고 싶어요. 아무쪼록 긴장감, 불안감을 느낄 때는 아무런 결정도 하지 않는 연습이 필요해요.

조울증이 인생 반쯤 초토화한다는 말은 사실이랍니다. 앞으로는 침착하게 대응하기를. 모든 것들을.

밥을 먹고 나서도 할 일이 없어. 그 무엇도 못 하고 여전히 글을 쓰겠죠. 조금은 빠르게 움직이지 않아도 돼요. 뭐든 할 수 있다는 믿음을 가져 봤자 조증이 오면 다 작살나요. 왜 그런지 알 수는 없어. 갑작스러운 초조함, 이걸 없애야 해. 우리가 지우지 말아야 할 것들을 결국에는 지워야 해요.

누군가에게 사랑에 빠지면 그냥 허우적대세요.

함부로 말하지 마요. 내 속도 모르면서.

인간은 왜 선택적 기억과 판단을 하곤 할까요?

수없이 많은 감정이 글로 표현되곤 하죠.

지금은 살짝 화가 났어요.

제아무리 잘났다고 떠들어도 제 노력에는 미치지 못해요.

스물아홉, 서른이 가기 전엔 사고 한번 쳐야지.

나는 원래 차분했다.

2022.02.28.

정상에서 아래를 내려다보면 모두가 하나인 것처럼 움직인다는 걸 느낄 수 있어요. 이제야 볼 힘이 생긴 걸까?

고드름이 뾰족한 이유를 알아요? 진짜 궁금해서 물어보는 거예요.

아주 사소한 것에 감사를 느끼던 사람이 왜 그렇게 변한 걸까?
그게 왜 그렇게 싫었던 걸까?

우주의 색깔이 빨간색이라면 어땠을까?

머리가 아프고 몸에 기운이 하나도 없다. 기분 탓일까 아니면 약 부작용일까? 내가 올려다본 하늘은 무척 뿌옇다. 내가 할 수 있는 건 많은데, 이렇게 지쳐 있는 상태로는 아무것도 못 하잖아. 졸린데 잠은 안 오고 좋을 글이 써지는 것도 아니고.

우린 모두 도깨비 같은 구석이 있다.

그런 날이 있기 마련이다. 재수 없는 날, 실망하는 날, 하지만 그래도 감사할 것들이 많다.

2022.03.01.

온종일 뭔가에 홀린 듯 졸리다.

2022.03.02.

괜찮아, 실수해도 돼. 빗겨 나간 현실에 맞서 싸우는 정신, 시대 정신. 행복해지려면 행복하기를 선택하면 되는 거야. 한 번쯤 생각해 볼 만한 내 장례식은 너무 시끌벅적하지 않았으면 좋겠다.

혼자만의 세상 속에 누군가를 초대한다는 것은 실로 엄청난 일이다. 사람이 온다. 내 세상으로, 그래 내 세상으로. 끝없이 사랑할 준비가 되어 있어.

오늘은 어제보다 졸리지가 않다. 약이 금방금방 익숙해져서 다행이다. 공황 발작을 하는 친구들이 많이 줄었다. 나는 언제쯤 퇴원할까? 주사는 내일 맞는 거로 알고 있다. 끝이 아니길, 이제 시작이길 간절히 기도한다.

곧 퇴원 날짜가 다가온다. 내일이면 주사를 맞고 경과를 지켜본 후 퇴원이다. 항상 그렇다. 여기 들어올 때마다, 퇴원 날짜가 잡히면 뭔지 모르게 초조하고 설렌다. 이번이 정말 마지막 입원이길 간절히 기도한다.

다시는 들어오고 싶지 않은 이곳을 세 번이나 겪었고, 이젠 내가 정말 문제를 해결하고자 하는 마음을 먹었다. '내'가 중심이고, '내'가 먼저다. 내가 선택할 것들이 나중에 크게 들어오길 기도한다.

길다면 길고, 짧다면 짧은 2주일 뒤에 퇴원. 아직도 근육 주사는 맞지 못했고, 부작용을 좀 더 지켜보고, 주사 처방. 조금 쳐지는 기분이다. 퇴원이 아직 오래 남아서.

아직 죽지 않았어. 2주 넘게 글을 썼다. 똑같이 가다 보면 퇴원이다. 정말 오래 기다려야 하는구나, 이번에도. 계절이 여름으로 바뀌기 전에 나가서 천만다행이야. 그래도 조금 쳐지는 건 어쩔 수가 없나 봐.

걱정 없는 인생은 없다고 대답했다. 그리고 특히 난 잘하니까 상관없다고 대답했다.

난 사실 정말 잘한다. 그동안 배운 걸 잊을 리가 없잖아. 지금 불안해해봤자 아무 의미 없다.

오늘따라 글 쓰는 게 싫다. 어떤 감정은 회피 중인 것 같다. 고충이 담긴다. 이곳의 삶은 여전히 지루하다. 누나야가 너무 보고 싶고, 빨리 밖에 나가고 싶다. 그러려면 여기서부터 생활을 잘해야 한다.
지긋지긋하다, 이제. 이 병동 생활도, 매일 비슷하고, 주말은 여전히 끔찍이 길다. 1주일에 절반이 지났다. 내일이면 목요일 그다음 날 금요일 4일이 지나면 월요일이다.

알고 싶지도 않고 무섭기만 한 현실에 관한 대화.

내 질병이 걱정돼? 난 해낼 수 있어. 위태로웠던 그동안 다시 일어설 수 있다고 다들 믿었잖아. 혼자서도 모든 걸 척척 해내었잖아. 그때로 돌아가서 일하면, 정말 잘할 거야.

불안해하지 마. 즐겨. 모든 상황에 넌 대처할 능력이 있어. 이젠 네가 이겨내야 해. 이겨낼 수 있어. 즐겁게 해낼 수 있어. 갇혀 있지 말고, 그냥 흘러 흘러 흐름을 타고 간다고 생각해.

하나의 아름다운 시편들.

나만의 세상에선 진짜였는데, 그게 모두 가짜라는 소리야?

왜 그렇게 아파했을까, 나. 너는 나한테 너무나 강한 트라우마였고, 나는 이걸 이겨내 하나의 성인으로 살아가겠지.

그저 책임을 지고, 해나가는 모습만 보아도 완전해. 혼자 살아가기엔 너무나 버거운 세상, 소통의 창을 열고 말리라. 그래 좋아, 한번 해보는 거야.

올해 해내야 할 것들만 해내도 내년부턴 잘 풀릴 한 해가 되지 않을까? 그래, 하기로 한 것들은 모두 다 끝내야지. 무진장 바쁘지만, 참을성과 통제성을 갖춰야 해. 쉽지 않은 인생이야.

불안감을 느끼는 이유는 압박감 때문에, 아무도 신경 쓰지 않는 압박. 해내면 상쾌할 듯한 압박.

세상에 쉬운 게 없지. 음악만 하기에도 바쁠 텐데.

심정이 매우 복잡 미묘하다.

하루가 너무 길다.

이제 곧 밥 먹을 시간.

이렇게 다운되면 어떡해. 다시 일어서야지, 지민아.

사랑을 많이 받고 있네.

우울은 퍼진다, 옆으로. 그래서 아프다.

2022.03.03.

그 사람, 그 무거운 한숨, 내가 어떻게 헤아릴 수 있을까요? 휘황찬란해 보여도 뒤에 숨겨진, 눈동자 뒤에 숨겨진 고통은 아무도 모를 거야. 아픈 만큼, 죽고 싶은 만큼, 머릿속에서 지워지지 않는대도 지워도 문제야.

어쩌다가 여기까지 온 걸까요? 나는 한숨 또 자고 싶어요. 죽었다 깨어난다면 내가 처음 보게 될 얼굴은 누구의 얼굴일까?

오늘따라 무거워 마음이. 오늘따라 좀 그래 내 마음이. 가볍지가 않아.

어딘가에 서서 담배 한 개비 물고 책을 읽다가, 담배에 불을 붙이는 걸 깜빡했다는 걸 깨닫고, 그제야 담배 피우는 것에 집중하지.

치매는 정말 무서운 병이다. 가만히 치매 할아버지 말을 듣고 있으면 현실과 너무나 동떨어져 있다. 현실을 인식한다는 것은 매우 중요한 일이다.

세상 어딘가에 있을 나의 소울메이트에게, 당신은 날 이해하시겠죠? 인생 한 번이고 꽤 오래 사는데 즐기면서 살아요, 우리.

우리가 산으로 갈 때 바다에 관한 아쉬움은 뒤로 해야지, 우리가 바다로 갈 때 산에 관한 아쉬움은 뒤로 해야지.

문제는 제가 아니에요. 제가 문제에 대한 답이랍니다. 걱정하지 마세요. 제 삶이 가리키는 방향으로 가면 모든 게 괜찮을 거예요. 언제까지나 저는 당신의 편이에요. 당신이 언제까지나 제 편이니.

왜 나는 아직도 이러고 있는가? 약 때문에 이러고 있는 거야.

아름다운 선율이 지배하는 그런 노래였으면 좋을 것 같아서.

하고 싶은 건 너무나 많은데 시간은 한정적이고 몸도 하나밖에 없음을.

네가 이루고 싶은 성과가 대체 뭐야? 그냥 널 믿고, 너의 목소리를 따라가. 하나씩 길게 작업하는 걸 연습해. 효율성을 버려.

사랑하는 우리 누나야, 내가 지쳐도 지치지 않아서 너무너무 고맙고, 내가 울적해도 웃게 만들어줘서 너무너무 고마워.

배고픈 사슴아, 초롱초롱했던 너의 맑은 두 눈은 어디로 간 거니?

나의 햇살에 당신을 비춰 바라본다.

나만 바라봐, 왜?

어쩌다 그렇게 된 걸까? 나는 알고 있었어. 안 된다는 걸.
이겨내야 해. 나의 힘으로.

왜 나만 그런 감정인 거야?
나를 그렇게나 가지고 놀았지.
겪지 않아도 될 상황들은 너무나 많았지.

세상의 저편에서 우린 달을 올려다보았지.
우주는 넓고, 나는 더욱더 먼지가 되어가지.

더는 무슨 글을 써야 할지 잘 모르겠어. 괜히 조급해지고 불안해져.

이미 너무 늦은 나이는 아닐까? 이딴 생각은 집어치워. 나이 덕에 훨씬 노련해졌어.

시간이 빨리 가게 하려고, 면담하고 싶기도 해.

졸리다.

한 번만 여기 또 들어오면 사람도 아니다.

시를 쓰고 싶은데, 머리가 좀 멍해서 쓸 수가 없어.
들쑥날쑥, 뭘 쓰고 있는지도 모르겠는 지금 이 순간.

끊어지지 않는 스토리, 각본, 시나리오.

영원히 남겨질 내 스물아홉, 어떻게 지낼 거야?
작은 게 하나 남았다면, 뭐가 남았다고 대답할래?
속 좁은 세상에 하나 남은 게 있다면 뭐라 대답할 건데?

이번에도 지루해, 피로해, 졸려.
자고 싶다.

2022.03.05.

내 세상에 누가 있으랴, 누가 남아 있으랴.

조증은 우울증보다 위험하다. 조증이 오면 대인 관계가 틀어지고, 다시는 빠져나올 수 없는 곳으로 들어가기 때문이다.

2022.03.08.

오늘은 3월 8일, 퇴원은 다음 주 수요일 혹은 목요일로 정해졌다.

그대여, 달빛이 주황색이에요.

그대여, 별빛이 푸른색이에요.

그래요, 제 마음이 따뜻하고 당신은 황홀한 존재예요.

푸른 당신의 존재와 제 마음은 밤하늘을, 어둠을 예쁘게 꾸미고 있어요.

우리 손 잡고 은하수를 걸어봐요.

우리 예쁘게 서로를 포개어줘요.

우리 예쁘게 손잡아요.

2022.03.09.

새로운 시작에 겁이 나.

나는 무언가가 될 수 있을까?

나는 정말 준비된 사람인가?

나는 성숙한 사람인가?

아직 너무나 미성숙한 나에게, 내가 바라는 것들은 너무 큰 것들인가?

많이 좋아져서 그런지 글이 잘 안 써지네요. 이제 우리 이 책을 끝내야 해요.

2022.03.31.

책을 마무리 지으며….

저는 메디키넷이라는 메틸페니데이트 계열과 자낙스라는 약을 자가치료라는 말도 안 되는 목적으로 복용하다가 종종 과다 복용을 일삼는 약물 의존증을 겪고 있었고, 그 덕에 공황 장애, 불안 장애, 조울증이라는 병을 얻었어요.

1월 30일에 자낙스 과다 복용으로 인해 섬망증이 오게 되었고, 제 여자친구인 누나에게 상처를 주었어요. 다음 날인 1월 31일에 저는 응급실을 통해서 입원하게 됐어요. 약 한 달 반가량 정신 병동에 입원해 있는 동안 저를 용서해준 누나의 사랑의 힘으로 저는 약을 끊을 것을 다짐했습니다.

전 3월 16일에 퇴원했고, 현재 3월 31일까지 건강한 삶을 유지하고 있답니다. 이 책은 병에 대한 궁금증이 있는 사람들보다는, 이미 병을 앓고 있는 사람들을 위해 쓰인 책이라는 말을 한 번 더 강조하며 본 책을 마무리 짓고 싶네요.

긴 글 읽어주셔서 감사합니다.

폐쇄 정신 병동 일기

과거를 밟고

1판 1쇄 발행 2022년 5월 13일

저자 최지민 **삽화** 이지향

교정 윤혜원 **편집** 문서아
마케팅 박가영 **총괄** 신선미

펴낸곳 하움출판사 **펴낸이** 문현광

이메일 haum1000@naver.com **홈페이지** haum.kr
블로그 blog.naver.com/haum1000 **인스타그램** @haum1007

ISBN 979-11-6440-986-0 (03810)

좋은 책을 만들겠습니다.
하움출판사는 독자 여러분의 의견에 항상 귀 기울이고 있습니다.
파본은 구입처에서 교환해 드립니다.